Jean Paul

Leben des vergnügten Schulmeisterlein Maria Wuz in Auenthal

Eine Art Idylle

Jean Paul

Leben des vergnügten Schulmeisterlein Maria Wuz in Auenthal
Eine Art Idylle

ISBN/EAN: 9783743342651

Hergestellt in Europa, USA, Kanada, Australien, Japan

Cover: Foto ©Raphael Reischuk / pixelio.de

Weitere Bücher finden Sie auf **www.hansebooks.com**

Leben des vergnügten Schulmeisterlein Maria Wuz

in Auenthal.

Eine Art Idylle

von

Jean Paul.

Leipzig,
Druck und Verlag von Philipp Reclam jun.

Wie war Dein Leben und Sterben so sanft und meerstille, Du vergnügtes Schulmeisterlein Wuz! Der stille laue Himmel eines Nachsommers ging nicht mit Gewölk, sondern mit Duft um Dein Leben herum: Deine Epochen waren die Schwankungen und Dein Sterben war das Umlegen einer Lilie, deren Blätter auf stehende Blumen flattern — und schon außer dem Grabe schliefest Du sanft!

Jetzt aber, meine Freunde, müssen vor allen Dingen die Stühle um den Ofen, der Schenktisch mit dem Trinkwasser an unsre Knie gerückt und die Vorhänge zugezogen und die Schlafmü␣␣ aufgesetzt werden, und an die grand monde über der Gasse drüben und ans palais royal muß keiner von uns denken, blos weil ich die ruhige Geschichte des vergnügten Schulmeisterlein erzähle — und Du, mein lieber Christian, der Du eine einathmende Brust für die einzigen feuerbeständigen Freuden des Lebens, für die häuslichen, hast, setze Dich auf den Arm des Großvaterstuhls, aus dem ich heraus erzähle und lehne Dich zuweilen ein wenig an mich! Du machst mich gar nicht irre.

Seit der Schwedenzeit waren die Wuze Schulmeister in Auenthal und ich glaube nicht, daß Einer vom Pfarrer oder von seiner Gemeinde verklagt wurde. Allemal acht oder neun Jahre nach der Hochzeit versahen Wuz und Sohn das Amt mit Verstand — unser Maria Wuz bocirte unter seinem Vater schon in der Woche das Abc, in der er das Buchstabiren erlernte, das nichts taugt. Der Charakter unseres Wuz hatte, wie der Unterricht anderer Schulleute, etwas Spielendes und Kindisches, aber nicht im Kummer, sondern in der Freude.

Schon in der Kindheit war er ein wenig kindisch. Denn es gibt zweierlei Kinderspiele, kindische und ernsthafte. — Die ernsthaften sind Nachahmungen der Erwachsenen, das

Kaufmanns-, Soldaten-, Handwerker-Spielen — die kindischen sind Nachäffungen der Thiere. Wuz war beim Spielen nie etwas anders als ein Hase, eine Turteltaube oder das Junge derselben, ein Bär, ein Pferd oder gar der Wagen daran. Glaubt mir! ein Seraph findet auch in unsern Collegien und Hörsälen keine Geschäfte, sondern nur Spiele und, wenn er's hoch treibt, jene zweierlei Spiele.

Indeß hatt' er auch, wie alle Philosophen, seine ernsthaftesten Geschäfte und Stunden. Setzte er nicht schon längst — ehe die brandenburgischen erwachsenen Geistlichen nur fünf Fäden von buntem Ueberzug umthaten — sich dadurch über große Vorurtheile weg, daß er eine blaue Schürze, die seltner der geistliche Ornat als der in ein Amt tragende Dr. Fausts-Mantel guter Candidaten ist, Vormittags über sich warf und in diesem himmelfarbigem Meßgewand der Magd seines Vaters die vielen Sünden vorhielt, die sie um Himmel und Hölle bringen konnten? — Ja er griff seinen eignen Vater an, aber Nachmittags; denn wenn er diesem Kobers Cabinetsprediger vorlas, war's seine innige Freude, dann und wann zwei, drei Worte oder gar Zeilen aus eignen Ideen einzuschalten und diese Interpolation mit weg zu lesen, als spräche Herr Kober selbst mit seinem Vater. Ich denke, ich werfe durch diese Personalie vieles Licht auf ihn und einen Spaß, den er später auf der Kanzel trieb, als er auch Nachmittags den Kirchgängern die Postille an Pfarrers Statt vorlas, aber mit so viel hineingespielten eignen Verlagsartikeln und Fabrikaten, daß er dem Teufel Schaden that und dessen Diener rührt. „Justel, sagt' er nachher um 4 Uhr zu seiner Frau, was weißt Du unten in Deinem Stuhl, wie prächtig es Einem oben ist, zumal unter dem Kanzelliebe?"

Wir können's leicht bei seinen ältern Jahren erfragen, wie er in seinen Flegeljahren war. Im December von jenen ließ er allemal das Licht eine Stunde später bringen, weil er in dieser Stunde seine Kindheit — jeden Tag nahm er einen andern Tag vor — recapitulirte. Indem der Wind seine Fenster mit Schnee-Vorhängen verfinsterte und indem ihn aus den Ofen-Fugen das Feuer anblinkte: drückte er die Augen zu und ließ auf die gefrornen Wiesen den längst vermoderten Frühling niederthauen; da bauete er sich mit der Schwester in den Heuschober ein und fuhr auf dem architectonisch gewölbten Heu-Gebirge des Wagens heim und rieth droben mit geschlossenen Augen, wo sie wohl nun führen. In der Abendkühle, unter dem Schwalben-Scharmuziren über sich, schoß er, froh über die untere Entkleidung und das Deshabillé der Beine, als schreiende Schwalbe herum und mauerte sich für sein Junges — ein hölzerner Weihnachthahn mit angepichten Federn war's — eine Koth-Rotunda mit einem Schnabel von Holz und trug hernach Bettstroh und Bettfedern zu Nest. Für eine andere palingenesirende Winter-Abendstunde wurde ein prächtiger Trinitatis (ich wollt' es gäbe 365 Trinitatis) aufgehoben, wo er am Morgen, im tönenden Lenz um ihn und in ihm, mit läutendem Schlüssel-Bund durch das Dorf in den Garten stolzirte, sich im Thau abkühlte und das glühende Gesicht durch die tropfende Johannisbeer-Staude drängte, sich mit dem hochstämmigen Grase maß und mit zwei schwachen Fingern die Rosen für den Herrn Senior und sein Kanzelpult abbrehte. An eben diesem Trinitatis — das war die zweite Schüssel an dem nämlichen December-Abend — quetschete er, mit dem Sonnenschein auf dem Rücken, den Orgeltasten den Choral: „Gott in der Höh' sei Ehr'" ein oder ab (mehr kann er doch nicht) und streckte die kurzen Beine mit vergeblichen Näherungen zur Parterre-Tastatur hinunter und der Vater riß für ihn die richtigen Register heraus. — Er würde die ungleichartigsten Dinge zusammenschütten, wenn er sich in den gedachten beiden Abendstunden erinnerte, was er im Kindheit-December vornahm; aber er war so klug, daß er sich erst in einer dritten darauf besann, wie er sonst Abends sich auf das Zuketten der

Fensterladen freuete, weil er nun ganz gesichert vor Allem in der lichten Stube hockte, daher er nicht gern lange in die von abspiegelnden Fensterscheiben über die Laden hinausgelagerte Stube hineinsah; wie er und seine Geschwister die abendliche Kocherei der Mutter ausspionirten, unterstützten und unterbrachen, und wie er und sie mit zugedrückten Augen und zwischen den Brustwehr-Schenkeln des Vaters auf das Blenden des kommenden Talglichts sich spitzten und wie sie in dem aus dem unabsehlichen Gewölbe des Universums herausgeschnittenen oder hineingebaueten Closet ihrer Stube so beschirmt waren, so warm, so satt, so wohl. . . . Und alle Jahre, so oft er diese Retourfuhre seiner Kindheit und des Wolfmonats darin veranstaltete, vergaß und erstaunt' er — sobald das Licht angezündet wurde — daß in der Stube, die er sich wie ein Loretto-Häuschen aus dem Kindheits-Kanaan herüber holte, er ja gerade jetzt säße. — So beschreibt er wenigstens selber diese Erinnerungs-hohen Opern in seinen Rousseauischen Spaziergängen, die ich da vor mich lege, um nicht zu lügen. . . .

Allein ich schnüre mir den Fuß mit lauter Wurzelngeflecht und Dickicht ein, wenn ich's nicht dadurch wegreiße, daß ich einen gewissen äußerst wichtigen Umstand aus seinem männlichen Alter herausschneide und sogleich jetzo aufsetze, nachher aber soll ordentlich a priori angefangen und mit dem Schulmeisterlein langsam in den drei aufsteigenden Zeichen der Altersstufen hinauf und auf der andern Seite in den drei niedersteigenden wieder hinab gegangen werden — bis Wuz am Fuße der tiefsten Stufe vor uns ins Grab fällt.

Ich wollte, ich hätte dieses Gleichniß nicht genommen. So oft ich in Lavaters Fragmenten oder in Comenii orbis pictus oder an einer Wand das Blut- und Trauergerüste der sieben Lebens-Stationen besah — so oft ich zuschauete, wie das gemalte Geschöpf, sich verlängernd und ausstreckend, die Ameisen-Pyramide aufklettert, drei Minuten droben sich umblickt und einkriechend auf der andern Seite niederfährt und abgekürzt umkugelt auf die um diese Schädelstätte liegende Vorwelt — und so oft ich vor das athmende Rosengesicht voll Frühlinge und voll Durst, einen Himmel auszutrinken, trete und bedenke, daß nicht Jahrtausende, sondern Jahrzehende dieses Gesicht in das zusammen geronnene zerknüllte Gesicht voll überlebter Hoffnungen ausgedorrt haben. . . . Aber indem ich über andere mich betrübe, heben und senken mich die Stufen selber und wir wollen einander nicht so ernsthaft machen!

Der wichtige Umstand, bei dem uns, wie man behauptet, so viel daran gelegen ist, ihn voraus zu hören, ist nämlich der, daß Wuz eine ganze Bibliothek — wie hätte der Mann sich eine kaufen können — sich eigenhändig schrieb. Sein Schreibzeug war seine Taschendruckerei; jedes neue Meßproduct, dessen Titel das Meisterlein ansichtig wurde, war nun so gut als geschrieben oder gekauft; denn er setzte sich sogleich hin und machte das Product und schenkt' es seiner ansehnlichen Büchersammlung, die, wie die heidnischen, aus lauter Handschriften bestand. Z. B. kaum waren die physiognomischen Fragmente von Lavater da: so ließ Wuz diesem fruchtbaren Kopfe dadurch wenig voraus, daß er sein Conceptpapier in Quarto brach und drei Wochen lang nicht vom Sessel wegging, sondern an seinem eigenen Kopfe so lange zog, bis er den physiognomischen Fötus heraus gebracht — (er bettete den Fötus aufs Bücherbret hin —) und bis er sich den Schweizer nachgeschrieben hatte. Diese Wuzischen Fragmente übertitelte er die Lavaterschen und merkte an: „er hätte nichts gegen die gedruckten; aber seine Hand sei hoffentlich eben so leserlich, wenn nicht besser als irgend ein Mittel-Fraktur-Druck." Er war kein verdammter Nachdrucker, der das Original hinlegt und oft das Meiste daraus abdruckt: sondern er nahm gar keines zur Hand. Daraus sind zwei Thatsachen vortrefflich zu erklären: erstlich die, daß es manchmal mit ihm haperte und daß er z. B. im ganzen Federschen Tractat über Raum und Zeit von nichts handelte, als vom Schiffs-Raum und der Zeit, die man bei Weibern Menses nennt. Die zweite Thatsache ist seine Glaubenssache: da er einige Jahre sein Bücherbret auf diese Art vollgeschrieben und durchstudiret hatte, so nahm er die Meinung an, seine Schreibbücher wären eigentlich die kanonischen Urkunden, und die gedruckten wären bloße Nachstiche seiner geschriebnen; nur das, klagt' er, könn' er — und böten die Leute ihm Balleien dafür an — nicht herauskriegen, wienach und warum der Buchführer das Gedruckte allzeit so sehr verfälsche und umsetze, daß man wahrhaftig schwören sollte, das Gedruckte und das Geschriebne hätten doppelte Verfasser, wüßte man es nicht sonst.

Es war einfältig, wenn etwa ihm zum Possen ein Autor sein Werk gründlich schrieb, nämlich in Querfolio — oder witzig, nämlich in Sedez: denn sein Mitmeister Wuz sprang den Augenblick herbei und legte seinen Bogen in die Quere hin, oder krempte ihn in Sedecimo ein.

Nur Ein Buch ließ er in sein Haus, den Meßkatalog; denn die besten Inventarienstücke desselben mußte der Senior am Rande mit einer schwarzen Hand bestempeln, damit er sie hurtig genug schreiben konnte, um das Ostermeß-Heu in die Pause des Bücherschranks hineinzumähen, eh' das Michaelis-Grummet herausschoß. Ich möchte seine Meisterstücke nicht schreiben. Den größten Schaden hatte der Mann davon — Verstopfung zu halben Wochen und Schnupfen auf der andern Seite — wenn der Senior (sein Friedrich Nicolai) zu viel Gutes, das er zu schreiben hatte, anstrich und seine Hand durch die gemalte anspornte; und sein Sohn klagte oft, daß in manchen Jahren sein Vater vor literarischer Geburtsarbeit kaum niesen konnte, weil er auf einmal Sturms Betrachtungen, die verbesserte Auflage, Schillers Räuber und Kants Kritik der reinen Vernunft der Welt zu schenken hatte. Das geschah bei Tage; Abends aber

mußte der gute Mann nach dem Abendessen noch gar um
den Südpol rudern und konnte auf seiner Cookischen Reise
kaum drei gescheidte Worte zum Sohne nach Deutschland hin=
aufreden. Denn da unser Encyklopädist nie das innere
Afrika oder nur einen spanischen Maulesel=Stall betreten,
oder die Einwohner von beiden gesprochen hatte: so hatt'
er desto mehr Zeit und Fähigkeit von beiden und allen Län=
dern reichhaltige Reisebeschreibungen zu liefern — ich meine
solche, worauf der Statistiker, der Menschheit=Geschichtschrei=
ber und ich selber fußen können — erstlich deswegen, weil
auch andre Reisejournalisten häufig ihre Beschreibungen ohne
die Reise machen — zweitens auch weil Reisebeschreibungen
überhaupt unmöglich auf eine andere Art zu machen sind,
angesehen noch kein Reisebeschreiber wirklich vor oder in
dem Lande stand, das er silhouettirte: denn so viel hat
auch der Dümmste noch aus Leibnitzens vorherbestimmter
Harmonie im Kopfe, daß die Seele, z. B. die Seelen eines
Forsters, Brydone, Björnstähls — insgesammt seßhaft auf
dem Isolirschemel der versteinerten Zirbeldrüse — ja nichts
anders von Südindien oder Europa beschreiben können,
als was jede sich davon selber erdenkt und was sie, beim
gänzlichen Mangel äußerer Eindrücke, aus ihren fünf
Kanker=Spinnwarzen vorspinnt und abzwirnt. Wuz
zerrete sein Reisejournal aus niemand anders als aus sich.

Er schreibt über Alles, und wenn die gelehrte Welt sich
darüber wundert, daß er fünf Wochen nach dem Abdruck
der Wertherschen Leiden einen alten Flederwisch nahm und
sich eine harte Spule auszog und damit stehenden Fußes
sie schrieb, die Leiden, — ganz Deutschland ahmte nachher
seine Leiden nach: — so wundert sich niemand weniger
über die gelehrte Welt als ich: denn wie kann sie Rous=
seau's Bekenntnisse gesehen und gelesen haben, die Wuz
schrieb und die Dato noch unter seinen Papieren liegen?
In diesen spricht aber J. J. Rousseau oder Wuz (das ist
einerlei) so von sich, allein mit andern Einkleid=Worten:

„Er würde wahrhaftig nicht so dumm sein, daß er Federn nähme und die besten Werke machte, wenn er nichts brauchte als blos den Beutel aufzubinden und sie zu erhandeln. Allein er habe nichts darin als zwei schwarze Hemdknöpfe und einen kothigen Krenzer. Woll' er mithin etwas Gescheidtes lesen, z. B. aus der praktischen Arzneikunde und aus der Kranken-Universalhistorie: so müss' er sich an seinen triefenden Fensterstock setzen und den Bettel ersinnen. An wen woll' er sich wenden, um den Hintergrund des Freimaurer-Geheimnisses auszuhorchen, an welches Dionysius Ohr, mein' er, als an seine zwei eignen? Auf diese an seinen eignen Kopf angeöhrten hör' er sehr und indem er die Freimaurer-Reden, die er schreibe, genau durchlese und zu verstehen trachte: so merk' er zuletzt allerhand Wunderdinge und komme weit und rieche im Ganzen genommen Lunten. Da er von Chemie und Alchymie so viel wisse, wie Adam nach dem Fall, als er Alles vergessen hatte: so sei ihm ein rechter Gefallen geschehen, daß er sich den annulus Platonis geschmiedet, diesen silbernen Ring um den Blei-Saturn, diesen Gyges-Ring, der so Vielerlei unsichtbar mache, Gehirne und Metalle; denn aus diesem Buche dürft' er, sollt' er's nur einmal ordentlich begreifen, frappant wissen, wo Barthel Most hole." — Jetzt wollen wir wieder in seine Kindheit zurück.

Im zehnten Jahre verpuppte er sich in einen mulattenfarbigen Alumnus und obern Quintaner der Stadt Scheeran. Sein Examinator muß mein Zeuge sein, daß es keine weiße Schminke ist, die ich meinen Helden anstreiche, wenn ich's zu berichten wage, daß er nur noch ein Blatt bis zur vierten Declination zurück zu legen hatte und daß er die ganze Geschlechts-Ausnahme thorax caudex pulexque vor der Quinta wie ein Wecker abrollte — blos die Regel wußt' er nicht. Unter allen Nischen des Alumneums war nur eine so gescheuert und geordnet, gleich der Prunkküche einer Nürnbergerin: das war seine; denn zufriedene Menschen sind die ordentlichsten. Er kaufte sich aus seinem Beutel für zwei Kreuzer Nägel und beschlug seine Zelle damit, um für alle Effekten besondere Nägel zu haben — er schlichtete seine Schreibbücher so lange, bis ihre Rücken so bleirecht auf einander lagen wie eine preußische Fronte und er ging beim Mondschein aus dem Bette und visirte so lange um seine Schuhe herum, bis sie parallel neben einander standen. — War Alles metrisch, so rieb er die Hände, riß die Achseln über die Ohren hinauf, sprang empor, schüttelte sich fast den Kopf herab und lachte ungemein.

Ehe ich von ihm weiter beweise, daß er im Alumneum glücklich war: will ich beweisen, daß dergleichen kein Spaß war, sondern eine herkulische Arbeit. Hundert egyptische Plagen hält man für keine, blos weil sie uns nur in der Jugend heimsuchen, wo moralische Wunden und complicirte Fracturen so hurtig zuheilen wie physische — grünendes Holz bricht nicht so leicht wie dürres entzwei. Alle Einrichtungen legen es dar, daß ein Alumneum seiner ältesten Bestimmung nach ein protestantisches Knaben-Kloster sein soll; aber dabei sollte man es lassen, man sollte ein solches Präservations-Zuchthaus in kein Lustschloß, ein solches Misantropin in kein Philantropin verwandeln wollen. Müssen nicht die glücklichen Inhaftaten einer solchen Fürstenschule die drei Klostergelübbe ablegen? Erstlich das des **Gehorsams**, da der Schüler-Guardian und Novizenmeister seinen schwarzen Novizen das Spornrad der häufigsten widrigsten Befehle und Ertödtungen in die Seite sticht. Zweitens das der **Armuth**, da sie nicht Cruditäten und übrige Brocken, sondern Hunger von einem Tage zum andern aufheben und übertragen; und Carminati vermöchte ganze Invalidenhäuser mit dem Supernumerar-Magensaft der Convictorien und Alumneen auszuheilen. Das Gelübbe der **Keuschheit** thut sich nachher von selbst, sobald ein Mensch den ganzen Tag zu laufen und zu fasten hat und keine andern Bewegungen entbehrt, als die peristaltischen. Zu wichtigen Aemtern muß der Staatsbürger erst gehänselt werden. Verdient denn aber blos der katholische Novize zum Mönch geprügelt, oder ein elender Ladenjunge in Bremen zum Kaufmannsdiener geräuchert, oder ein sittenloser Südamerikaner zum Kaziken durch beides und durch mehre in meinen Excerpten stehende Qualen appretirt und sublimirt zu werden? Ist ein lutherischer Pfarrer nicht eben so wichtig und sind seiner künftigen Bestimmung nicht eben so gut solche übende Martern nöthig? Zum Glück hat er sie; vielleicht mauerte die Vorwelt die Schulpforten, deren Conclavisten insgesammt wahre Knechte der Knechte sind, blos seinetwegen auf: denn andern Facultäten ist mit dieser Kreuzigung und Rabbrechung des Fleisches und Geistes zu wenig gedient. — Daher ist auch das so oft getadelte Chor-, Gassen- und Leichensingen der Alumnen ein recht gutes Mittel, protestantische Klosterleute aus ihnen zu ziehen — und selbst ihr schwarzer Ueberzug und die kanonische Mohren-Enveloppe des Mantels ist etwas ähnliches von der Mönchkutte. Daher schießen in Leipzig um die Thomasschüler, da doch einmal die Geistlichen die Perücken-Wammen anhängen müssen, wenigstens die Herzblätter eines aufkapsenden Perückchens herum, das wie ein Pultdach, oder wie halbe Flügeldecken sich auf dem Kopfe umsieht. In den alten Klöstern war die Gelehrsamkeit Strafe; nur Schuldige mußten da lateinische Psalmen auswendig lernen oder Autores abschreiben; — in guten armen Schulen wird dieses Strafen nicht vernachlässigt und sparsamer Unterricht wird da stets als ein unschädliches Mittel angeordnet, den armen Schüler damit zu züchtigen und zu mortificiren. . . .

Blos dem Schulmeisterlein hatte diese Kreuzschule wenig an; den ganzen Tag freuete er sich auf oder über etwas „Vor dem Aufstehen, sagt' er, freu' ich mich auf das Frühstück, den ganzen Vormittag aufs Mittagessen, zur Vesperzeit aufs Vesperbrod und Abends aufs Nachtbrod — und so hat der Alumnus Wuz sich stets auf etwas zu spitzen." Trank er tief, so sagt' er: "das hat meinem Wuz geschmeckt" und strich sich den Magen. Niesete er, so sagte er: "helf' Dir Gott, Wuz!" — Im fieberfrostigen Novemberwetter letzte er sich auf der Gasse mit der Vormalung des warmen Ofens und mit der närrischen Freude, daß er eine Hand um die andre unter seinem Mantel wie zu Hause stecken hatte. War der Tag gar zu toll und windig — es gibt für uns Wichte solche Hatztage, wo die ganze Erde ein Hatzhaus ist und wo die Plagen wie spaßhaft gehende Wasserkünste uns bei jedem Schritte anspritzen und einfeuchten — so war das Meisterlein so pfiffig, daß es sich unter das Wetter hinsetzte und sich nichts darum schor; es war nicht Ergebung, die das **unvermeidliche** Uebel aufnimmt, nicht Abhärtung, die das **ungefühlte** trägt, nicht Philosophie, die das **verdünnte** verbauet, oder Religion, die das **belohnte** verwindet: sondern der Gedanke ans warme Bette war's. "Abends, dacht er, lieg' ich auf alle Fälle, sie mögen mich den ganzen Tag zwicken und hetzen wie sie wollen, unter meiner warmen Zudeck und drücke die Nase ruhig ans Kopfkissen, acht Stunden lang." — Und kroch er endlich in der letzten Stunde eines solchen Leidentages unter sein Oberbett: so schüttelte er sich darin, krempte sich mit den Knien bis an den Nabel zusammen, und sagte zu sich: "Siehst Du, Wuz, es ist doch vorbei."

Ein andrer Paragraph aus der Wuzischen Kunst, stets fröhlich zu sein, war sein zweiter Pfiff, stets fröhlich aufzuwachen — und um dies zu können, bedient' er sich eines dritten und hob immer vom Tage vorher etwas Angenehmes für den Morgen auf, entweder gebackne Klöße oder eben so viel äußerst gefährliche Blätter aus dem Robinson, der ihm lieber war als Homer — oder auch junge Vögel oder junge Pflanzen, an denen er am Morgen nachzusehen hatte, wie Nachts Federn und Blätter gewachsen.

Den britten und vielleicht durchdachtesten Paragraphen

seiner Kunst fröhlich zu sein, arbeitete er erst aus, da er Secundaner ward:

er wurde verliebt. —

Eine solche Ausarbeitung wäre meine Sache. . . . Aber da ich hier zum erstenmale in meinem Leben mich mit meiner Reißkohle an das Blumenstück gemalter Liebe mache: so muß auf der Stelle abgebrochen werden, damit fortgerissen werde Morgen um 6 Uhr bei weniger niedergebranntem Feuer. —

Wenn Venedig, Rom und Wien und die Luststädte-Bank sich zusammenthäten und mich mit einem solchen Carneval beschenken wollten, das dem beikäme, welches mitten in der schwarzen Cantors-Stube in Jobitz war, wo wir Kinder von 8 Uhr bis 11 forttanzten (so lange währte unsere Faschingzeit, in der wir den Appetit zur Fastnacht-Hirse versprangen): so machten sich jene Residenzstädte zwar an etwas Unmögliches und Lächerliches — aber doch an nichts so Unmögliches, wie dies wäre, wenn sie dem Alumnus Wuz den Fastnachtsmorgen mit seinen Carnevallustbarkeiten wiedergeben wollten, als er als unterer Secundaner auf Besuch in der Tanz- und Schulstube seines Vaters am Morgen gegen 10 Uhr ordentlich verliebt wurde. Eine solche Faschinglustbarkeit — trautes Schulmeisterlein, wo denkst Du hin? — Aber er dachte an nichts hin als zu Justina, die ich selten oder niemals, wie die Auenthaler, Justel nennen werde. Da der Alumnus unter dem Tanzen (wenige Gymnasiasten hätten mitgetanzt, aber Wuz war nie stolz und immer eitel) den Augenblick weghatte, was — ihn nicht einmal eingerechnet — an der Justel wäre, daß sie ein hübsches gelenkiges Ding und schon im Briefschreiben und in der Regeldetri in Brüchen und die Pathin der Frau Seniorin und in einem Alter von 15 Jahren und nur als eine Gast-Tänzerin mit in der Stube sei: so that der Gast-Tänzer seines Orts, was in solchen Fällen zu thun ist; er wurde, wie gesagt, verliebt — schon beim ersten Schleifer flog's wie Fieberhitze an ihn — unter dem Ordnen zum zweiten, wo er stillstehend die warme Inlage seiner rechten Hand bedachte und befühlte, stieg's unverhältnißmäßig — er tanzte sich augenscheinlich in die Liebe und in ihre Garne hinein. — Als sie noch dazu die rothen Haubenbänder auseinanderfallen und sie ungemein nachlässig um den nackten Hals zurückflattern ließ: so vernahm er die Baßgeige nicht mehr — und als sie endlich gar mit einem rothen Schnupftuch sich Kühlung vorwedelte und es hinter und vor ihm fliegen ließ: so war ihm nicht mehr zu helfen, und hätten die vier großen und die zwölf kleinen Propheten zum Fenster hineingeprebigt. Denn einem Schnupftuch in einer weiblichen Hand erlag er stets auf der Stelle ohne weitere Gegenwehr, wie der Löwe dem gedrehten Wagenrade und der Elephant der Maus. Dorfkoketten machen sich aus dem Schnupftuch die nämliche Feldschlange und Kriegsmaschine, die sich die Stadtkoketten aus dem Fächer machen; aber die Wellen eines Tuchs sind gefälliger als das knackende Truthahns-Radschlagen der bunten Streitkolbe des Fächers.

Auf alle Fälle kann unser Wuz sich damit entschuldigen, daß seines Wissens die Oerter öffentlicher Freude das Herz für alle Empfindungen, die viel Platz bedürfen, für Aufopferung, für Muth und auch für Liebe weiter machen; freilich in den engen Amt- und Arbeitstuben, auf Rathhäusern, in geheimen Kabinetten liegen unsre Herzen wie auf eben so vielen Welkboden und Darrofen und runzeln ein.

Wuz trug seinen mit dem Gas der Liebe aufgefüllten und emporgetriebnen Herzballon freudig ins Alumneum zurück, ohne jemand eine Sylbe zu melden, am wenigsten der Schnupftuch-Fahnenjunkerin selber — nicht aus Scheu, sondern weil er nie mehr begehrte als die Gegenwart, er war nur froh, daß er selber verliebt war und dachte an weiter nichts. . .

Warum ließ der Himmel gerade in die Jugend das

Lustrum der Liebe fallen? Vielleicht weil man gerade da in Alumneen, Schreibstuben und in andern Gifthütten keucht: da steigt die Liebe wie aufblühendes Gesträuch an den Fenstern jener Marterkammern empor und zeigt in schwankenden Schatten den großen Frühling von außen. Denn Er und ich, mein Herr Präfectus und auch Sie, verdiente Schuldiener des Alumneums, wir wollen mit einander wetten, Sie sollen über den vergnügten Wuz ein Härenhemd ziehen (im Grund hat er eines an) — Sie sollen ihn Jxions Rad und Sisyphus Stein der Weisen und den Laufwagen Ihres Kindes bewegen lassen — Sie sollen ihn halb todt hungern oder prügeln lassen — Sie sollen einer so elenden Wette wegen (welches ich Ihnen nicht zugetrauet hätte) gegen ihn ganz des Teufels sein: Wuz bleibt doch Wuz und practiciret sich immer sein Bischen verliebter Freude ins Herz, vollends in den Hundstagen!

Seine Canicularferien sind aber vielleicht nirgends deutlicher beschrieben als in seinen „Werthers Freuden," die seine Lebensbeschreiber fast nur abzuschreiben brauchen. — Er ging da Sonntags nach der Abendkirche heim nach Auenthal und hatte mit den Leuten in allen Gassen Mitleiden, daß sie da bleiben mußten. Draußen dehnte sich seine Brust mit dem aufgebaueten Himmel vor ihm aus und halbtrunken im Concertsaal aller Vögel horcht' er doppelselig bald auf die gefiederten Sopranisten, bald auf seine Phantasien. Um nur seine über die Ufer schlagenden Lebenskräfte abzuleiten, galoppirte er oft eine halbe Viertelstunde lang. Da er immer kurz vor und nach Sonnen-Untergang ein gewisses wollüstiges trunkenes Sehnen empfunden hatte — die Nacht aber macht wie ein längerer Tod den Menschen erhaben und nimmt ihm die Erde: so zauberte er mit seiner Landung in Auenthal so lang', bis die zerfließende Sonne durch die letzten Kornfelder vor dem Dorfe mit Goldfäden, die sie gerade über die Aehren zog, sein blaues Röckchen stickte und bis sein Schatten an den Berg über den Fluß wie ein Riese wandelte. Dann schwankte er unter dem wie aus der Vergangenheit herüberklingenden Abendläuten ins Dorf hinein und war allen Menschen gut, selbst dem Präfectus. Ging er dann um seines Vaters Haus und sah am obern Kappfenster den Widerschein des Monds und durch ein Parterre-Fenster seine Justina, die da alle Sonntage einen ordentlichen Brief setzen lernte. . . . o wenn er dann in dieser paradiesischen Viertelstunde seines Lebens auf funfzig Schritte die Stube und die Briefe und das Dorf von sich hätte wegsprengen und um sich und um die Briefstellerin blos ein einsames dämmerndes Tempe-Thal hätte ziehen können — wenn er in diesem Thale mit seiner trunknen Seele, die unterwegs um alle Wesen ihre Arme schlug, auch an sein schönstes Wesen hätte fallen dürfen und er und sie und Himmel und Erde zurückgesunken und zerflossen wären vor einem flammenden Augenblick und Brennpunkte menschlicher Entzückung. . . . .

Indessen that er's wenigstens Nachts um eilf Uhr; und vorher ging's auch nicht schlecht. Er erzählte dem Vater, aber im Grunde Justinen, seinen Studienplan und seinen politischen Einfluß; er setzte sich dem Tadel, womit sein Vater ihre Briefe corrigirte, mit demjenigen Gewicht entgegen, das ein solcher Kunstrichter hat und er war, da er gerade warm aus der Stadt kam, mehr als einmal mit Witz bei der Hand — kurz, unter dem Einschlafen hörte er in seiner tanzenden taumelnden Phantasie nichts als Sphären-Musik.

— Freilich Du, mein Wuz, kannst Werthers Freuden aufsetzen, da allemal Deine äußere und Deine innere Welt sich wie zwei Muschelschalen an einander löthen und Dich als ihr Schalthier einfassen; aber bei uns armen Schelmen, die wir hier am Ofen sitzen, ist die Außenwelt selten der Ripienist und Chorist unsrer innern fröhlichen Stimmung; — höchstens dann, wenn an uns der ganze Stimmstock umgefallen und wir knarren und brummen; oder in einer andern Metapher: wenn wir eine verstopfte Nase haben: so setzt sich ein ganzes mit Blumen überwölbtes Eden vor uns hin und wir mögen nicht hineinriechen.

Mit jedem Besuche machte das Schulmeisterlein seiner Johanna = Therese = Charlotte = Mariana = Clarissa = Heloise = Justel auch ein Geschenk mit einem Pfefferkuchen und einem Potentaten; ich will über beide ganz befriedigend sein.

Die Potentaten hatt' er in seinem eignen Verlage; aber wenn die Reichshofraths=Canzlei ihre Fürsten und Grafen aus ein wenig Dinte, Pergament und Wachs macht, so verfertigte er seine Potentaten viel kostbarer aus Ruß, Fett und zwanzig Farben. Im Alumneum wurde nämlich mit den Rahmen einer Menge Potentaten eingeheizet, die er sämmtlich mit gedachten Materialien so zu copiren und repräsentiren wußte, als wär' er ihr Gesandter. Er überschmierte ein Quartblatt mit einem Endchen Licht und nachher mit Ofenruß — dieses legte er mit der schwarzen Seite auf ein anderes mit weißen Seiten — oben auf beide Blätter that er irgend ein fürstliches Porträt — dann nahm er eine abgebrochne Gabel und fuhr mit ihrer drückenden Spitze auf dem Gesichte und Leibe des regierenden Herrn herum — — dieser Druck verdoppelte den Potentaten, der sich vom schwarzen Blatt aufs weiße überfärbte. So nahm er von Allem, was unter einer europäischen Krone saß, recht kluge Copien; allein ich habe niemals verhehlet, daß seine Oculir=Gabel die russische Kaiserin (die Vorige) und eine Menge Kronprinzen dermaßen aufkratzte und durchschnitt, daß sie zu nichts mehr zu brauchen waren als dazu, den Weg ihrer Rahmen zu gehen. Gleichwohl war das rußige Quartplatt nur die Bruttafel und Aetz=Wiege glorwürdiger Regenten, oder auch der Streich= oder Laichteich derselben — ihr Streckteich aber oder die Appretur=Maschine der Potentaten war sein Farbkästchen; mit diesem illuminirte er ganze regierende Linien, und alle Muscheln kleideten einen einzigen Großfürsten an und die Kronprin=

zessinnen zogen aus derselben Farbmuschel Wangenröthe, Schamröthe und Schminke. — — Mit diesen regierenden Schönen beschenkte er die, die ihn regierte und die nicht wußte, was sie mit dem historischen Bildersaale machen sollte.

Aber mit dem Pfefferkuchen wußte sie es in dem Grade, daß sie ihn aß. Ich halt' es für schwer, einer Geliebten einen Pfefferkuchen zu schenken, weil man ihn oft kurz vor der Schenkung selber verzehrt. Hatte nicht Wuz die drei Kreuzer für den ersten schon bezahlt? Hatt' er nicht das braune Rectangulum schon in der Tasche und war damit schon bis auf eine Stunde vor Auenthal und vor dem Abjudicationstermin gereiset? Ja wurde die süße Votiv=Tafel nicht alle Viertelstunde aus der Tasche gehoben, um zu sehen, ob sie noch viereckig sei? Dies war eben das Unglück; denn bei diesem Beweis durch Augenschein, den er führte, brach er immer wenige und unbedeutende Mandeln aus dem Kuchen; — dergleichen that er öfters — darauf machte er sich (statt an die Quadratur des Zir=kels) an das Problem, den gevierten Zirkel wieder rein herzustellen und biß sauber die vier rechten Winkel ab und machte ein Acht=Eck, ein Sechzehn=Eck — denn ein Zir=kel ist ein unendliches Viel=Eck — darauf war nach die=sen mathematischen Ausarbeitungen das Viel=Eck vor keinem Mädchen mehr zu produciren — darauf that Wuz einen Sprung und sagte: „ach! ich freß' ihn selber" und heraus war der Seufzer und hinein die geometrische Fi=gur. — Es werden wenige schottische Meister, akademische Senate und Magistranden leben, denen nicht ein wahrer Gefallen geschehe, wenn man ihnen zu hören gäbe, durch welchen Maschinen=Gott sich Wuz aus der Sache zog — — durch einen zweiten Pfefferkuchen that er's, den er alle=mal als einen Wand= und Taschen=Nachbar des ersten mit einsteckte. Indem er den einen aß, landete der andre ohne Läsionen an, weil er mit dem Zwilling wie mit Brand=mauer und Kronwache den andern beschützte. Das aber sah er in der Folge selber ein, daß er — um nicht einen bloßen Torso oder Atom nach Auenthal zu transportiren — die Krontruppen oder Pfefferkuchen von Woche zu Woche vermehren müsse.

Er wäre Primaner geworden, wäre nicht sein Vater aus unserm Planeten in einen andern oder in einen Trabanten gerückt. Daher dacht' er die Melioration seines Vaters nachzumachen und wollte von der Secundanerbank auf den Lehrstuhl rutschen. Der Kirchenpatron, Herr von Ebern, drängte sich zwischen beide Gerüste und hielt seinen ausgedienten Koch an der Hand, um ihn in ein Amt einzusetzen, dem er gewachsen war, weil es in diesem eben so gut wie in seinem vorigen Spanferkel*) todt zu peitschen und zu appretiren, obwol nicht zu essen gab. Ich hab' es schon in der Revision des Schulwesens in einer Note erinnert und H. Gedikens Beifall davon getragen, daß in jedem Bauerjungen ein unausgewachsener Schulmeister stecke, der von ein Paar Kirchenjahren groß zu paraphrasiren sei — daß nicht blos das alte Rom Welt-Consule, sondern auch heutige Dörfer Schul-Consule vom Pfluge und aus der Furche ziehen könnten — daß man eben so gut von Leuten seines Standes hier unterrichtet, als in England gerichtet werden könne, und daß gerade der, dem jeder das meiste Scibile verdanke, ihm am ähnlichsten sei, nämlich jeder sich selber — daß wenn eine ganze Stadt (Nortia an dem appenninischen Gebirg) nur von vier ungelehrten Magistratgliedern (gli quatri illiterati) sich beherrschen lassen, doch eine Dorfjugend von einem einzigen ungelehrten Mann werde zu regieren und zu prügeln sein — und daß man nur bedenken möchte, was ich oben im Texte sagte. Da hier die Note selber der Text ist, so will ich nur sagen, daß ich sagte: eine Dorfschule sei hinlänglich besetzt. Es ist da 1) der Gymnasiarch oder Pastor, der von Winter zu

---

*) Die bekanntlich besser schmecken, wenn man sie mit Ruthenstreichen tödtet.

Winter den Priesterrock umhängt und das Schulhaus besucht und erschreckt — 2) steht in der Stube das Rectorat, Conrectorat und Subrectorat, das der Schulhalter allein ausmacht — 3) als Lehrer der untern Klassen sind darin angestellt die Schulmeisterin, der, wenn irgend einem Menschen, die Kallipädie der Töchterschule anvertrauet werden kann, ihr Sohn als Tertius und Lümmel zugleich, dem seine Zöglinge allerhand legiren und spendiren müssen, damit er sie ihre Lection nicht aufsagen lässet, und der, wenn der Regent nicht zu Hause ist, oft das Reichsvicariat des ganzen protestantischen Schulkreises auf den Achseln hat — 4) endlich ein ganzes Raupennest Collaboratores, nämlich Schuljungen selber, weil daselbst, wie im hallischen Waisenhause, die Schüler der obern Klasse schon zu Lehrern der untern groß gewachsen sind. — Da man bisher aus so vielen Studierstuben heraus nach Realschulen schrie: so hörten es Gemeinden und Schulhalter und thaten das Ihrige gern. Die Gemeinden lasen für ihre Lehrstühle lauter solche pädagogische Steiße aus, die schon auf Weber=, Schneider=, Schuster=Schemeln seßhaft waren und von denen also etwas zu erwarten war — und allerdings setzen solche Männer, indem sie vor dem aufmerksamen Institute Röcke, Stiefel, Fischreusen und alles machen, die Nominalschule leicht in eine Realschule um, wo man Fabrikate kennen lernt. Der Schulmeister treibt's noch weiter und sinnt Tag und Nacht auf Real=Schulhalten; es gibt wenige Arbeiten eines erwachsenen Hausvaters oder seines Gesindes, in denen er seine Dorf=Stoa nicht beschäftigt und übt, und den ganzen Morgen sieht man das expedirende Seminarium hinaus und hinein jagen, Holz spalten und Wasser tragen u. s. w., so daß er außer der Realschule fast gar keine hält und sich sein Bischen Brod sauer im Schweiße seines — Schulhauses verdient. .... Man braucht mir nicht zu sagen, daß es auch schlechte und versäumte Landschulen gebe; genug wenn nur die größere Zahl alle die Vorzüge wirklich aufweiset, die ich ihr jetzt zugeschrieben.

Ich mag meine Fixstern-Abirrung mit keinem Wort entschuldigen, das eine neue wäre. Herr von Ebern hätte seinen Koch zum Schulmeister investiret, wenn ein geschickter Nachfahrer des Kochs wäre zu haben gewesen; es war aber keiner aufzutreiben, und da der Gutsherr dachte, es sei vielleicht gar eine Neuerung, wenn er die Küche und die Schule durch Ein Subject versehen ließe — wiewol vielmehr die Trennung und Verdopplung der Schul- und der Herrendiener eine viel größere und ältere war; denn im neunten Säculum mußte sogar der Pfarrer der Patronatkirche zugleich dem Kirchenschiff-Patron als Bedienter aufwarten und satteln 2c. *) und beide Aemter wurden erst nachher, wie mehre, von einander abgerissen — so behielt er den Koch und vocirte den Alumnus, der bisher so gescheidt gewesen, daß er verliebt geblieben.

Ich steuere mich ganz auf die rühmlichen Zeugnisse, die ich in Händen habe und die Wuz vom Superintendenten auswirkte, weil sein Examen vielleicht eines der rigorösesten und glücklichsten war, wovon ich in neueren Zeiten noch gehöret. Mußte nicht Wuz das griechische Vaterunser vorbeten, indeß das Examinations-Collegium seine sammtnen Hosen mit einer Glasbürste auskämmte — und hernach das lateinische Symbolum Athanasii? Konnte der Examinandus nicht die Bücher der Bibel richtig und Mann für Mann vorzählen, ohne über die gemalten Blumen und Tassen auf dem Kaffeebrete seines frühstückenden Examinators zu stolpern? Mußt' er nicht einen Betteljungen, der blos auf einen Pfennig aufsah, herum katechesiren, obgleich der Junge gar nicht wie sein Unter-Examinator bestand, sondern wie ein wahres Stückchen Vieh? Mußt' er nicht seine Fingerspitzen in fünf Töpfe warmes Wasser tun-

---

*) Langens geistliches Recht S. 534.

ten und **den** Topf aussuchen, dessen Wasser warm und
kalt genug für den **Kopf eines Täuflings** war? Und mußt'
er nicht zuletzt drei Gulden und 36 Kreuzer erlegen?

Am 13ten Mai ging er als Alumnus aus dem Alum=
neum heraus und als öffentlicher Lehrer in sein Haus hin=
ein und aus der zersprengten schwarzen Alumnus=Puppe
brach ein bunter Schmetterling von Cantor ins Freie hinaus.

Am 9ten Julius stand er vor dem Auenthaler Altar
und wurde copulirt mit der Justel.

Aber der elysäische Zwischenraum zwischen dem 13ten
Mai und dem 9ten Julius! — Für keinen Sterblichen fällt
ein solches goldnes Alter von 8 Wochen wieder vom Him=
mel, blos für das Meisterlein funkelte der ganze niederge=
thauete Himmel auf gestirnten Auen der Erde. — Du
wiegtest im Aether Dich und sahest durch die durchsichtige
Erde Dich rund mit Himmel und Sonne umzogen und
hattest keine Schwere mehr; aber uns Alumnen der Na=
tur fallen nie acht solche Wochen zu, nicht eine, kaum Ein
ganzer Tag, wo der Himmel **über** und **in** uns sein reines
Blau mit nichts bemalt, als mit Abend= und Morgen=
roth — wo wir über das Leben wegfliegen und alles uns
hebt wie ein freudiger Traum — wo der unbändige stür=
zende Strom der Dinge uns nicht auf seinen Katarakten
und Strudeln zerstößet und schüttelt und rädert, sondern
auf blinkenden Wellen uns wiegt und unter hineingebog=
nen Blumen vorüberträgt — Ein Tag, zu dem wir den
Bruder vergeblich unter den Verlebten suchen und von dem
wir am Ende jedes andern klagen, seit ihm war keiner
wieder so.

Es wird uns allen sanft thun, wenn ich diese acht
Wonne=Wochen oder zwei Wonne=Monate weitläufig be=
schreibe. Sie bestanden aus lauter ähnlichen Tagen. Keine
einzige Wolke zog hinter den Häusern herauf. Die ganze
Nacht stand die rückende Abendröthe unten am Himmel,
an welchem die untergehende Sonne allemal wie eine Rose

glühend abgeblühet hatte. Um 1 Uhr schlugen schon die Lerchen und die Natur spielte und phantasierte die ganze Nacht auf der Nachtigallen-Harmonika. In seine Träume tönten die äußern Melodien hinein und in ihnen flog er über Blüten-Bäume, denen die wahren vor seinem offnen Fenster ihren Blumen-Athem liehen. Der tagende Traum rückte ihn sanft, wie die lispelnde Mutter das Kind, aus dem Schlaf ins Erwachen über und er trat mit trinkender Brust in den Lärm der Natur hinaus, wo die Sonne die Erde von neuem erschuf und wo beide sich zu einem brausenden Wollust-Weltmeer in einander ergossen. Aus dieser Morgen-Fluth des Lebens und Freuens kehrte er in sein schwarzes Stübchen zurück und suchte die Kräfte in kleinern Freuden wieder. Er war da über Alles froh, über jedes beschienene und unbeschienene Fenster, über die ausgefegte Stube, über das Frühstück, das mit seinen Amt-Revenüen bestritten wurde, über 7 Uhr, weil er nicht in die Secunda mußte, über seine Mutter, die alle Morgen froh war, daß er Schulmeister geworden, und sie nicht aus dem vertrauten Hause fort gemußt.

Unter dem Kaffee schnitt er sich, außer den Semmeln, die Federn zur Meßstabe, die er damals, die drei letzten Gesänge ausgenommen, gar aussang. Seine größte Sorgfalt verwandte er darauf, daß er die epischen Federn falsch schnitt, entweder wie Pfähle oder ohne Spalt oder mit einem zweiten Extraspalt, der hinaus niesete; denn da alles in Hexametern und zwar in solchen, die nicht zu verstehen waren, verfasset sein sollte: so mußte der Dichter, da er's durch keine Bemühung zur geringsten Unverständlichkeit bringen konnte — er fassete allemal den Augenblick jede Zeile und jeden Fuß und pes — aus Noth zum Einfall greifen, daß er die Hexamter ganz unleserlich schrieb, was auch gut war. Durch diese poetische Freiheit bog er dem Verstehen ungezwungen vor.

Um eilf Uhr deckte er für seine Vögel, und dann für

sich und seine Mutter den Tisch mit vier Schubladen, in welchem mehr war als auf ihm. Er schnitt das Brod, und seiner Mutter die weiße Rinde vor, ob er gleich die schwarze nicht gern aß. O meine Freunde, warum kann man denn im Hôtel de Bavière und auf dem Römer nicht so vergnügt speisen, als am Wuzischen Labentisch? — Sogleich nach dem Essen machte er nicht Hexameter, sondern Kochlöffel, und meine Schwester hat selber ein Dutzend von ihm. Während seine Mutter das wusch, was er schnitzte, ließen Beide ihre Seelen nicht ohne Kost; sie erzählte ihm die Personalien von sich und seinem Vater vor, von deren Kenntniß ihn seine akademische Laufbahn zu entfernt gehalten — und er schlug den Operationsplan und Bauriß seiner künftigen Haushaltung bescheiden vor ihr auf, weil er sich an dem Gedanken, ein Hausvater zu sein, gar nicht satt käuen konnte. „Ich richte mir — sagt' er — mein Haushalten ganz vernünftig ein — ich stell' mir ein Saugschweinchen ein auf die heiligen Feiertage, es fallen so viel Kartoffeln= und Rüben=Schalen ab, daß man's mit fett macht, man weiß kaum wie — und auf den Winter muß mir der Schwiegervater ein Füderchen Büschel (Reisholz) einfahren und die Stubenthür muß total gefüttert und gepolstert werden — denn, Muter! unsereins hat seine pädagogischen Arbeiten im Winter und man hält da keine Kälte aus." — Am 29sten Mai war noch dazu nach diesen Gesprächen eine Kindtaufe — es war seine erste — sie war seine erste Revenüe und ein großes Einnahmebuch hatte er sich schon auf dem Alumneum dazu geheftet — er besah und zählte die Paar Groschen zwanzigmal, als wären sie anders. — Am Taufstein stand er in ganzer Parüre und die Zuschauer standen auf der Empor und in der herrschaftlichen Loge in Alltag=Schmutz. — „Es ist mein saurer Schweiß," sagt' er eine halbe Stunde nach dem Actus und trank vom Gelde zur ungewöhnlichen Stunde ein Nößel Bier. — Ich erwarte von seinem künftigen Lebensbeschreiber ein Paar pragmatische Fingerzeige, warum Wuz blos ein Einnahme- und kein Ausgabe-Buch sich nähte und warum er in jenem oben Louisd'or, Groschen, Pfennige setzte, ob er gleich nie die **erste** Münzsorte unter seinen Schul-Gefällen hatte.

Nach dem Actus und nach der Verbannung ließ er sich den Tisch hinaus unter den Weichselbaum tragen und setzte sich nieder und bossirte noch einige unleserliche Hexameter in seiner Messiade. Sogar während er seinen Schinkenknochen als sein Abendessen abnagte und abfeilte, befeilt' er noch einen und den andern epischen Fuß und ich weiß recht gut, daß des Fettes wegen mancher Gesang ein wenig geölet aussiehet. Sobald er den Sonnenschein nicht mehr auf der Straße, sondern an den Häusern liegen sah: so gab er der Mutter die nöthigen Gelder zum Haushalten und lief ins Freie, um sich es ruhig auszumalen, wie er's künftig haben werde im Herbst, im Winter, an den drei heiligen Festen, unter den Schulkindern und unter seinen eignen. —

Und doch sind das blos Wochentage; der Sonntag aber brennt in einer Glorie, die kaum auf ein Altarblatt geht. — Ueberhaupt steht in keinen Seelen dieses Jahrhunderts ein so großer Begriff von einem Sonntage, als in denen, welche in Cantoren und Schulmeistern hausen; mich wundert es gar nicht, wenn sie an einem solchen Courtage nicht vermögen bescheiden zu verbleiben. Selber unser Wuz konnte sich's nicht verstecken, was es sagen will, unter tausend Menschen allein zu orgeln — ein wahres Erb-Amt zu versehen und den geistlichen Krönungs-Mantel dem Senior überzuhängen und sein Valet de fantaisie und Kammermohr zu sein — über ein ganzes von der Sonne beleuchtetes Chor Territorial-Herrschaft zu exerciren, als amtirender Chor-Maire auf seinem Orgel-Fürstenstuhl die Poesie eines Kirchsprengels noch besser zu beherrschen, als der Pfarrer die Prose desselben commandirt —

und nach der Predigt über das Geländer hinab völlige fürstliche Befehle sans façon mit lauter Stimme weniger zu geben, als abzulesen...... Wahrhaftig, man sollte denken, hier oder nirgends thät' es Noth, daß ich meinem Wuz zuriefe: „Bedenke, was Du vor wenig Monaten „warest! Ueberlege, daß nicht alle Menschen Cantores werden „können und mache Dir die vertheilhafte Ungleichheit der „Stände zu Nutze, ohne sie zu mißbrauchen und ohne „darum mich und meine Zuhörer am Ofen zu verachten."
— — Aber nein! auf meine Ehre, das gutartige Meisterlein denkt ohnehin nicht daran; die Bauern hätten nur so gescheidt sein sollen, daß sie Dir schnakischen, lächelnden, trippelnden, händereibenden Dinge ins gallenlose überzuckerte Herz hineingesehen hätten: was hätten sie da ertappt? Freude in Deinen zwei Herz-Kammern, Freude in Deinen zwei Herz-Ohren. Du numerirtest blos oben im Chore, gutes Ding! das ich je länger je lieber gewinne, Deine künftigen Schulbuben und Schulmädchen in den Kirchstühlen zusammen und setztest sie sämmtlich voraus in Deine Schulstube und um Deine winzige Nase herum und nahmest Dir vor, mit der letzten täglich Vormittags und Nachmittags einmal zu niesen und vorher zu schnupfen, nur damit Dein ganzes Institut wie besessen aufführe und zuriefe: Helf' Gott, Herr Kantner! Die Bauern hätten ferner in Deinem Herzen die Freude angetroffen, die Du hattest, ein Setzer von Folioziffern zu sein, so lang wie die am Zifferblatt der Thurmuhr, indem Du jeden Sonntag an der schwarzen Liedertafel in öffentlichen Druck gabst, auf welcher Pagina das nächste Lied zu suchen sei — wir Autores treten mit schlechterem Zeuge im Drucke auf; — ferner die Freude hätte man gefunden, Deinem Schwiegervater und Deiner Braut im Singen vorzureiten, und endlich Deine Hoffnung, den Bodensatz des Communion-Weins einsam auszusaufen, der sauer schmeckte. Ein höheres Wesen muß Dir so herzlich gut gewesen sein, wie

das referirende, da es gerade in Deinem achtwöchentlichen Eden=Lustrum Deinen gnädigen Kirchenpatron communiciren hieß: denn er hatte doch so viel Einsicht, daß er an die Stelle des Communion=Weins, der Christi Trank am Kreuz nicht unglücklich nachbildete, Christi Thränen aus seinem Keller setzte; aber welche Himmel dann nach dem Trank des Bodensatzes in alle Deine Glieder zogen. ... Wahrlich, jedesmal will ich wieder in Ausrufungen verfallen; — aber warum macht doch mir und vielleicht Euch dieses schulmeisterlich vergnügte Herz so viel Freude? — Ach, liegt es vielleicht daran, daß wir selber sie nie so voll bekommen, weil der Gedanke der Erden=Eitelkeit auf uns liegt und unsern Athem drückt und weil wir die schwarze Gottesacker=Erde unter den Rasen= und Blumenstücken schon gesehen haben, auf denen das Meisterlein sein Leben verhüpft? —

Der gedachte Communion=Wein moussirte noch Abends in seinen Adern; und diese letzte Tagzeit seines Sabbaths hab' ich noch abzuschildern. Nur am Sonntag durft' er mit seiner Justina spazieren gehen. Vorher nahm er das Abendessen beim Schwiegervater ein, aber mit schlechtem Nutzen; schon unter dem Tischgebet wurde sein Hundshunger matt und unter den Allotriis darauf gar unsichtbar. Wenn ich es lesen könnte, so könnt' ich das ganze Conterfei dieses Abends aus seiner Messiade haben, in die er ihn, ganz wie er war, im sechsten Gesang hineingeflochten, so wie alle große Scribenten ihren Lebenslauf, ihre Weiber, Kinder, Aecker, Vieh in ihre opera omnia stricken. Er dachte, in der gedruckten Messiade stehe der Abend auch. In seiner wird es episch ausgeführet sein, daß die Bauern auf den Rainen wateten und den Schuß der Halme maßen und ihn über das Wasser herüber als ihren neuen wohlverordneten Cantor grüßten — daß die Kinder auf Blättern schalmeiten und in Batzen=Flöten stießen und daß alle Büsche und Blumen= und Blüthenkelche vollstimmig

beſetzte Orcheſter waren, aus denen allen etwas heraus=
ſang oder ſummſete oder ſchnurrte — und daß alles zuletzt
ſo feierlich wurde, als hätte die Erde ſelber einen Sonn=
tag, indem die Höhen und Wälder um dieſen Zauberkreis
rauchten und indem die Sonne gen Mitternacht durch ei=
nen illuminirten Triumphbogen hinunter, und der Mond
gen Mittag durch einen blaſſen Triumphbogen herauf zog.
O Du Vater des Lichts! mit wie viel Farben und Strah=
len und Leuchtkugeln faſſeſt Du Deine bleiche Erde ein! —
Die Sonne kroch jetzt ein zu einem einzigen rothen Strahle,
der mit dem Widerſcheine der Abendröthe auf dem Geſichte
der Braut zuſammen kam; und dieſe, nur mit ſtummen
Gefühlen bekannt, ſagte zu Wuz, daß ſie in ihrer Kind=
heit ſich oft geſehnet hätte, auf den rothen Bergen der
Abendröthe zu ſtehen und von ihnen mit der Sonne in
die ſchönen rothgemalten Länder hinunter zu ſteigen, die
hinter der Abendröthe lägen. Unter dem Gebetläuten ſei=
ner Mutter legt' er ſeinen Hut auf die Knie und ſah, ohne
die Hände zu falten, an die rothe Stelle am Himmel,
wo die Sonne zuletzt geſtanden, und hinab in den ziehen=
den Strom, der tiefe Schatten trug; und es war ihm, als
läutete die Abendglocke die Welt und noch einmal ſeinen
Vater zur Ruhe — zum erſten= und letztenmale in ſeinem
Leben ſtieg ſein Herz über die irdiſche Scene hinaus —
und es rief, ſchien ihm, etwas aus den Abendtönen herun=
ter, er werde jetzo vor Vergnügen ſterben.... Heftig und
verzückt umſchlang er ſeine Braut und ſagte: „wie lieb
hab' ich Dich, wie ewig lieb!" Vom Fluſſe klang es herab
wie Flötengetön und Menſchengeſang und zog näher; au=
ßer ſich drückt' er ſich an ſie an und wollte vereinigt ver=
gehen und glaubte, die Himmelstöne hauchten ihre beiden
Seelen aus der Erde weg und dufteten ſie wie Thaufun=
ken auf den Auen Edens nieder. Es ſang:

    O wie ſchön iſt Gottes Erde
    Und werth darauf vergnügt zu ſein!

> Drum will ich, bis ich Asche werde,
> Mich dieser schönen Erde freu'n.

Es war aus der Stadt eine Gondel mit einigen Flöten und singenden Jünglingen. Er und Justine wanderten am Ufer mit der ziehenden Gondel und hielten ihre Hände gefaßt und Justine versuchte leise nachzusingen; mehre Himmel gingen neben ihnen. Als die Gondel um eine Erdzunge voll Bäume herumschiffte: hielt Justine ihn sanft an, damit sie nicht nachkämen, und da das Fahrzeug dahinter verschwunden war, fiel sie ihm mit dem ersten erröthenden Kusse um den Hals.... O unvergeßlicher erster Junius! – schreibt er. –– Sie begleiteten und belauschten von Weitem die schiffenden Töne, und Träume spielten um Beide, bis sie sagte: es ist spät und die Abendröthe hat sich schon weit herumgezogen und es ist Alles im Dorfe still. Sie gingen nach Hause; er öffnete die Fenster seiner mondhellen Stube und schlich mit einem leisen Gutenacht bei seiner Mutter vorüber, die schon schlief.

Jeden Morgen schien ihn der Gedanke wie Tageslicht an, daß er dem Hochzeittage, dem 8ten Junius, sich um eine Nacht näher geschlafen; und am Tage lief die Freude mit ihm herum, daß er durch die paradiesischen Tage, die sich zwischen ihn und sein Hochzeitbett gestellet, noch nicht durchwäre. So hielt er, wie der metaphysische Esel, den Kopf zwischen beiden Heubündeln, zwischen der Gegenwart und Zukunft; aber er war kein Esel oder Scholastiker, sondern grasete und rupfte an beiden Bündeln auf einmal.... Wahrhaftig, die Menschen sollten niemals Esel sein, weder indifferentistische, noch hölzerne, noch bileamische und ich habe meine Gründe dazu.... Ich breche hier ab, weil ich noch überlegen will, ob ich seinen Hochzeittag abzeichne oder nicht. Musivstifte hab' ich übrigens dazu ganze Bündel. —

Aber wahrhaftig ich bin weder seinem Ehrentage beigewohnet, noch einem eignen; ich will ihn also bestens beschreiben und mir — ich hätte sonst gar nichts — eine Lustpartie zusammen machen.

Ich weiß überhaupt keinen schicklichern Ort oder Bogen, als diesen dazu, daß die Leser bedenken, was ich ausstehe: die magischen Schweizergegenden, in denen ich mich lagere — die Apollo's und Venusgestalten, denen sich mein Auge ansaugt — das erhabne Vaterland, für das ich das Leben hingebe, das es vorher geadelt hat — das Brautbett, in das ich einsteige, alles das ist von fremden oder eignen Fingern blos — gemalt mit Dinte oder Druckerschwärze; und wenn nur Du, Du Himmlische, der ich treu bleibe, die mir treu bleibt, mit der ich in arkadischen Julius-Nächten spazieren gehe, mit der ich vor der untergehenden Sonne und vor dem aufsteigenden Monde stehe und um deren willen ich alle Deine Schwestern liebe, wenn nur Du — wärest; aber Du bist ein Altarblatt und ich finde Dich nicht.

Dem Nil, dem Hercules und andern Göttern brachte man zwar auch wie mir nur nachbossirte Mädchen dar; aber vorher bekamen sie doch reelle.

Wir müssen schon am Sonnabend ins Schul- und Hochzeithaus gucken, um die Prämissen dieses Rüsttags zum Hochzeittag ein wenig vorher wegzuhaben: am Sonntag haben wir keine Zeit dazu — so ging auch die Schöpfung der Welt (nach den ältern Theologen) darum in 6 Tagwerken und nicht in Einer Minute vor, damit die Engel das Naturbuch, wenn es allmählich aufgeblättert würde, leichter zu übersehen hätten. Am Sonnabend rennt der Bräutigam auffallend in zwei corporibus piis aus und ein, im Pfarr- und im Schulhaus, um vier Sessel aus jenem in dieses zu schaffen. Er borgte diese Gestelle dem Senior ab, um den Commodator selbst darauf zu weisen als seinen Fürstbischof, und die Seniorin als Frau Pathin der Braut, und den Subpräfectus aus dem Alumneum und die Braut selbst. Ich weiß so gut als Andre, in wie weit dieser miethende Luxus des Bräutigams nicht in Schutz zu nehmen ist; allerdings papillotirten die gigantischen Miethstühle (Menschen und Sessel schrumpfen jetzt ein) ihre falschen Rindhaar-Touren an Lehne und Sitz mit blauem Tuche, Milchstraßen von gelben Nägeln sprangen auf gelben Schnüren als Blitze herum und es bleibt gewiß, daß man so weich auf den Rändern dieser Stühle aufsaß, als trüge man einen Doppelsteiß — wie gesagt, diesen Steiß-Luxus des Gläubigers und Schuldners hab' ich niemals zum Muster angepriesen; aber auf der andern Seite muß doch Jeder, der in den „Schulz von Paris" hineingesehen, bekennen, daß die Verschwendung im Palais royal und an allen Höfen offenbar größer ist. Wie werd' ich vollends solche Methodisten von der strengen Observanz auf die Seite des Großvater- oder Sorgestuhls Wuzens bringen, der mit vier hölzernen Löwentatzen die Erde ergreift, welche mit vier Querhölzern — den Sitz-Consolen munterer Finken und Gimpel — gesponselt sind, und dessen Haar-Chignon sich mit einer geblümten ledernen Schwarte mehr als zu prächtig besohlet, und welcher zwei hölzerne behaarte Arme, die das Alter, wie menschliche, dürrer gemacht, nach einem Insaß ausstreckt? . . . Dieses Fragzeichen kann Manchen, weil er den langen Perioden vergessen, frappiren.

Das zinnene Tafel-Service, das der Bräutigam noch von seinem Fürstbischof holte, kann das Publicum beim Auctionsproclamator, wenn es anders versteigert wird, besser kennen lernen, als bei mir: so viel wissen die Hochzeitgäste, die Saladière, die Saucière, die Assiette zu Käse und die Senfdose war ein Einziger Teller, der aber vor jeder Rolle einmal abgescheuert wurde.

Ein ganzer Nil und Alpheus schoß über jedes Stubenbret, wovon gute Gartenerde wegzuspülen war, an jede Bettpfoste und an den Fensterstock hinan und ließ den gewöhnlichen Bodensatz der Fluth zurück — Sand. Die Gesetze des Romans würden verlangen, daß das Schulmeisterlein sich anzöge und sich auf eine Wiese unter ein wogendes Zudeck von Gras und Blumen streckte und da durch einen Traum der Liebe nach dem andern hindurch sänk' und bräche — allein er rupfte Hühner und Enten ab, spaltete Kaffee= und Bratenholz und die Braten selbst, credenzte am Sonnabend den Sonntag und decretirte und vollzog in der blauen Schürze seiner Schwiegermutter funfzig Küchenverordnungen und sprang, den Kopf mit Papilloten gehörnt und das Haar wie einen Eichhörnchenschwanz empor gebunden, hinten und vornen und überall herum: „denn ich mache nicht alle Sonntage Hochzeit," sagt' er.

Nichts ist widriger, als hundert Vorläufer und Vorreiter zu einer winzigen Lust zu sehen und zu hören; nichts ist aber süßer, als selber mit vorzureiten und vorzulaufen; die Geschäftigkeit, die wir nicht blos sehen, sondern theilen, macht nachher das Vergnügen zu einer von uns selbst gesäeten, besprengten und ausgezognen Frucht; und obendrein befällt uns das Herzgespann des Passens nicht.

Aber, lieber Himmel, ich brauchte einen ganzen Sonnabend, um diesen nur zu rapportiren: denn ich that nur einen vorbeifliegenden Blick in die Wuzische Küche — was da zappelt! was da raucht! — Warum ist sich Mord und Hochzeit so nahe, wie die zwei Gebote, die davon reden? Warum ist nicht blos eine fürstliche Vermählung oft für Menschen, warum ist auch eine bürgerliche für Geflügel eine Parisische Bluthochzeit?

Niemand brachte aber im Hochzeithaus diese zwei Freudentage mißvergnügter und fataler zu als zwei Stechfinken und drei Gimpel: diese inhaftirte der reinliche und vogelfreundliche Bräutigam sämmtlich — vermittelst eines Treibjagens mit Schürzen und geworfenen Nachtmützen — und nöthigte sie, aus ihrem Tanz=Saale in ein Paar Draht-Karthausen zu fahren und an der Wand, in Mansarden springend, herabzuhängen.

Wuz berichtet sowohl in seiner „Wuzischen Urgeschichte,"

als in seinem „Lesebuch für Kinder mittlern Alters," daß Abends um 7 Uhr, da der Schneider dem Hymen neue Hosen und Gilet und Rock anprobirte, schon alles blank und metrisch und neugeboren war, ihn selber ausgenommen. Eine unbeschreibliche Ruhe sitzt auf jedem Stuhl und Tisch eines neugestellten brillantirten Zimmers! In einem chaotischen denkt man, man müsse noch diesen Morgen ausziehen aus dem aufgekündigten Logement.

Ueber seine Nacht (so wie über die folgende) fliegen ich und die Sonne hinüber und wir begegnen ihm, wenn er am Sonntage, geröthet und electrisirt vom Gedanken des heutigen Himmels, die Treppe herab läuft in die anlachende Hochzeitstube hinein, die wir alle gestern mit so vieler Mühe und Dinte aufgeschmückt haben, vermittelst Schönheitwasser — mouchoir de Venus und Schminklappen (Waschlappen) — Puderkasten (Topf mit Sand) und anderm Toiletten=Schiff und Geschirr. Er war in der Nacht siebenmal aufgewacht, um sich siebenmal auf den Tag zu freuen, und zwei Stunden früher aufgestanden, um beide Minute für Minute aufzunessen. Es ist mir als ging' ich mit dem Schulmeister zur Thür hinein, vor dem die Minuten des Tages hinstehn wie Honigzellen — er schöpfet eine um die andere aus und jede Minute trägt einen weitern Honigkelch. Für eine Pension auf Lebenslang ist dennoch der Cantor nicht vermögend, sich auf der ganzen Erde ein Haus zu denken, in dem jetzo nicht Sonntag, Sonnenschein und Freude wäre; nein! — Das zweite, was er unten nach der Thüre aufthat, war ein Oberfenster, um einen auf= und niederwallenden Schmetterling — einen schwimmenden Silberflitter, eine Blumen=Folie und Amors Ebenbild — aus Hymens Stube fortzulassen. Dann fütterte er seine Vogel=Kapelle in den Bauern zum Voraus auf den lärmenden Tag, und fiedelte auf der väterlichen Geige die Schleifer zum Fenster hinaus, an denen er sich aus der Fastnacht an die Hochzeit herangetanzt. Es schlägt erst 5 Uhr, mein Trauter, wir haben uns nicht zu übereilen! Wir wollen die zwei Ellen lange Halsbinde (die Du Dir ebenfalls, wie früher die Braut, antanzest, indem die Mutter das andre Ende hält) und das Zopfband glatt umhaben noch zwei völlige Stunden vor dem Läuten. Gern gäb' ich den Großvaterstuhl und den Ofen, dessen Assessor ich bin, dafür, wenn ich mich und meine Zuhörerschaft jetzt zu transparenten Sylphiden zu verdünnen wüßte, damit unsere ganze Brüderschaft dem zappelnden Bräutigam ohne Störung seiner stillen Freude in den Garten nachflöge, wo er für ein weibliches Herz, das weder ein diamantnes noch ein welsches ist, auch keine Blumen, die es sind, abschneidet, sondern lebende — wo er die blitzenden Käfer und Thautropfen aus den Blumenblättern schüttelt und gern auf den Bienenrüssel wartet, den zum letztenmale der mütterliche Blumenbusen säuget — wo er an seine Knaben-Sonntagmorgen denkt und an den zu engen Schritt über die Beete und an das kalte Kanzelpult, auf welches der Senior seinen Strauß auflegte. Gehe nach Haus, Sohn Deines Vorfahrers, und schaue am achten Junius Dich nicht gegen Abend um, wo der stumme sechs Fuß dicke Gottesacker über manchen Freunden liegt, sondern gegen Morgen, wo Du die Sonne, die Pfarrthüre und Deine hineinschlüpfende Justine sehen kannst, welche die Frau Pathin nett ausfrisiren und einschnüren will. Ich merk' es leicht, daß meine Zuhörer wieder in Sylphiden verflüchtigt werden wollen, um die Braut zu umflattern, aber sie sieht's nicht gern.

Endlich lag der himmelblaue Rock — die Livréefarbe der Müller und Schulmeister — mit geschwärzten Knopflöchern und die plättende Hand seiner Mutter, die alle Brüche hob, am Leibe des Schulmeisterleins und es darf nur Hut und Gesangbuch nehmen. Und jetzt — ich weiß gewiß auch, was Pracht ist, fürstliche bei fürstlichen Vermählungen, das Kanoniren, Illuminiren, Exerzieren und frisiren dabei; aber mit der Wuzischen Vermählung stell' ich doch dergleichen nie zusammen: sehet nur dem Mann hintennach, der den Sonnen- und Himmelsweg zu seiner Braut geht und auf den andern Weg drüben nach dem Alumneum schauet und denkt: „wer hätt's vor vier Jahren gedacht;" ich sage, sehet ihm nach! Thut es nicht auch die Auenthaler Pfarrmagd, ob sie gleich Wasser trägt, und henkt einen solchen prächtigen vollen Anzug bis auf jede Franze in ihren Gehirn- und Kleiderkammern auf? Hat er nicht eine gepuderte Nasen- und Schuhspitze? Sind nicht die rothen Thorflügel seines Schwiegervaters aufgedreht und schreitet er nicht durch diese ein, indeß die von der Haarkräuslerin abgefertigte Verlobte durch das Hofthürchen schleicht? Und stoßen sie nicht so meublirt und überpudert auf einander, daß sie das Herz nicht haben, sich „Guten Morgen!" zu bieten? Denn haben Beide in ihrem Leben etwas Prächtigeres und Vornehmeres gesehen, als sich einander heute? Ist in dieser verzeihlichen Verlegenheit nicht der lange Span ein Glück, den der kleine Bruder zugeschnitzt und den er der Schwester hinreckt, damit sie darum wie um einen Weinpfahl die Blumen-Staude und Geruch-Quaste für des Cantors Knopfloch winde und gürte? Werden neidsüchtige Damen meine Freunde bleiben, wenn ich meinen Pinsel eintunke und ihnen damit vorfärbe die Parüre der Braut, das zitternde Gold statt der Zitternadel im Haar, die drei goldnen Medaillons auf der Brust mit den Miniatürbildern der deutschen Kaiser*), und tiefer die in Knöpfe zergossenen Silberbarren? . . . . Ich könnt' aber den Pinsel fast Jemand an den Kopf werfen, wenn mir beifällt, mein Wuz und seine gute Braut werden mir, wenn's abgedruckt ist, von den Koketten und anderem Teufelszeuge gar ausgelacht: glaubt Ihr denn aber, Ihr städtischen distillirten und tättowirten Seelenverkäuferin-

---

* In manchen deutschen Gegenden tragen die Mädchen 3 Dukaten am Halse.

nen, die Ihr alles an Mannspersonen messet und liebt, Ihr Herz ausgenommen, daß ich oder meine meisten Herren Leser dabei gleichgültig bleiben könnten, oder daß wir nicht alle Eure gespannten Wangen, Eure zuckenden Lippen, Eure mit Witz und Begierde sengenden Augen und Eure jedem Zufall gefügigen Arme, und selber Eure empfindsamen Declamatorien mit Spaß hingäben für einen einzigen Auftritt, wo die Liebe ihre Strahlen in dem Morgenroth des Schämens bricht, wo die unschuldige Seele sich vor jedem Aug' entkleidet, ihr eignes ausgenommen, und wo hundert innere Kämpfe das durchsichtige Angesicht beseelen, und kurz, worin mein Brautpaar selbst agirte, da der alte lustige Kauz von Schwiegervater beider gekräuselten und weißblühenden Köpfe habhaft wurde und sie gescheidt zu einem Kuß zusammenlenkte? Dein freudiges Erröthen, lieber Wuz! — und Dein verschämtes, liebe Justine! —

Wer wird überhaupt diesen und dergleichen Sachen kurz vor seinen Sponsalien schärfer nachdenken, und nachher delicater spielen als gegenwärtiger Lebensbeschreiber selber?

Der Lärm der Kinder und Büttner auf der Gasse und der Recensenten in Leipzig hindern ihn hier, Alles ausführlich herzusetzen, die prächtigen Eckenbeschläge und dreifachen Manschetten, womit der Bräutigam auf der Orgel jede Zeile des Chorals versah — den hölzernen Engelfittich, woran er seinen Kurhut zum Chor hinaushing — den Namen Justine an den Pedalpfeifen — seinen Spaß und seine Lust, da sie einander vor der Kirchenagende (der goldnen Bulle und dem Reichsgrundgesetze des Eheregiments) die rechten Hände gaben und da er mit seinem Ringfinger ihre hohle Hand gleichsam hinter einem Bettschirm neckte — und den Eintritt in die Hochzeitstube, wo vielleicht die größten und vornehmsten Leute und Gerichte des Dorfs einander begegneten, ein Pfarrer, eine Pfarrerin, ein Subpräfectus und eine Braut. Es wird aber Beifall finden, daß ich meine Beine auseinander setze und damit über die ganze Hochzeittafel und Hochzeittrift und über den Nachmittag wegschreite, um zu hören, was sie Abends angeben — einen und den andern Tanz gibt der Subpräfectus an. Es ist im Grunde schon Alles außer sich — Ein Tabaks-Heerrauch und ein Suppen-Dampfbad woget um drei Lichter und scheidet Einen vom Andern durch Nebelbänke — Der Violoncellist und der Violinist streichen fremdes Gedärm weniger, als sie eignes füllen — Auf der Fensterbrüstung guckt das ganze Auenthal als Galerie zappelnd herein und die Dorfjugend tanzt draußen, dreißig Schritte von dem Orchester entfernt, im Ganzen recht hübsch — Die alte Dorf=La Bonne schreiet ihre wichtigsten Personalien der Seniorin vor und diese nieset und hustet die ihrigen los, jede will ihre historische Nothdurft früher verrichten und sieht ungern die andre auf dem Stuhle seßhaft — Der Senior sieht wie ein Schooßjünger des Schooßjüngers Johannes aus, welchen die Maler mit einem Becher in der Hand abmalen, und lacht lauter als er predigt — Der Präfectus schießet als Elegant herum und ist von Niemand zu erreichen — Mein Maria plätschert und fährt unter in allen vier Flüssen des Paradieses, und des Freuden=Meers Wogen heben und schaukeln ihn allmächtig — Blos die eine Brautführerin (mit einer zu zarten Haut und Seele für ihren schwielenvollen Stand) hört die Freuden=Trommel wie von einem Echo gedämpft und wie bei einer Königsleiche mit Flor bezogen, und die stille Entzückung spannt in Gestalt eines Seufzers die einsame Brust. — Mein Schulmeister (er darf zweimal im Küchenstück herumstehen) tritt mit seiner Trauungshälfte unter die Hausthür, deren dessus de porte ein Schwalben-Globus ist, und schauet auf zu dem schweigenden glimmenden Himmel über ihm und denkt, jede große Sonne gucke herunter wie ein Auenthaler und zu seinem Fenster hinein..... Schiffe fröhlich über Deinen verdünstenden

Tropfen Zeit, Du kannst es; aber wir können's nicht alle: die eine Brautführerin kann's auch nicht. — Ach, wär' ich wie Du an einem Hochzeitmorgen dem ängstlichen den Blumen abgefangnen Schmetterling begegnet, wie Du der Biene im Blüthenkelch, wie Du der um 7 Uhr abgelaufenen Thurmuhr, wie Du dem stummen Himmel oben und dem lauten unten: so hätt' ich ja daran denken müssen, daß nicht auf dieser stürmenden Kugel, wo die Winde sich in unsre kleinen Blumen wühlen, die Ruhestätte zu suchen sei, auf der uns ihre Düfte ruhig umfließen, oder ein Auge ohne Staub zu finden, ein Auge ohne Regentropfen, die jene Stürme an uns werfen — und wäre die blitzende Göttin der Freude so nahe an meinem Busen gestanden: so hätt' ich doch auf jene Aschenhäufchen hinüber gesehen, zu denen sie mit ihrer Umarmung, aus der Sonne gebürtig und nicht aus unsern Eiszonen, schon die armen Menschen verkalkte; — und o wenn mich schon die vorige Beschreibung eines großen Vergnügens so traurig zurück ließ: so müßt' ich, wenn erst Du, aus ungemessenen Höhen in die tiefe Erde hereinreichende Hand! mir eines, wie eine Blume auf einer Sonne gewachsen, hernieder brächtest, auf diese Vaterhand die Tropfen der Freude fallen lassen und mich mit dem zu schwachen Auge von den Menschen wegwenden. . . .

Jetzt, da ich Dieses sage, ist Wuzens Hochzeit längst vorbei, seine Justine ist alt und er selber auf dem Gottesacker; der Strom der Zeit hat ihn und alle diese schimmernden Tage unter vier=, fünffachen Bodensatz gedrückt und begraben; — auch an uns steigt dieser beerdigende Niederschlag immer höher auf; in drei Minuten erreicht er das Herz und überschichtet mich und Euch.

In dieser Stimmung sinne mir Keiner an, die vielen Freuden des Schulmeisters aus seinem Freuden=Manuale mitzutheilen, besonders seine Weihnacht=, Kirchweih= und Schulfreuden — es kann vielleicht noch geschehen in einem

Posthumus von Postscript, das ich nachliefere, aber heute nicht! Heute ist's besser, wir sehen den vergnügten Wuz zum letztenmal lebendig und todt und gehen dann weg.

Ich hätte überhaupt — ob ich gleich dreißigmal vor seiner Hausthür vorüber gegangen war — wenig vom ganzen Manne gewußt, wenn nicht am 12ten Mai vorigen Jahrs die alte Justine unter ihr gestanden wäre und mich, da sie mich im Gehen meine Schreibtafel voll arbeiten sah, angeschrieen hätte: ob ich nicht auch ein Büchermacher wäre. — „Was sonst, Liebe? — versetzt' ich — jährlich mach' ich Dergleichen und schenk' alles nachher dem Publico." — So möcht' ich dann, fuhr sie fort, mich auf ein Stündchen zu ihren Alten hinein bemühen, der auch ein Buchmacher sei, mit dem es aber elend aussehe.

Der Schlag hatte dem Alten, vielleicht weil er eine Flechte, Thalers groß, am Nacken hinein geheilet, oder vor Alter die linke Seite gelähmt. Er saß im Bette an einer Lehne von Kopfkissen und hatte ein ganzes Waarenlager, das ich sogleich specificiren werde, auf dem Deckbette vor sich. Ein Kranker thut wie ein Reisender — und was ist er anders — sogleich mit Jedem bekannt; so nahe mit dem Fuße und Auge an erhabnern Welten macht man in dieser räudigen keine Umstände mehr. Er klagte, es hätte sich seine Alte schon seit drei Tagen nach einem Bücherschreiber umschauen müssen, hätt' aber keinen ertappt, außer eben; „er müss' aber einen haben, der seine Bibliothek übernehme, ordne und inventire und der an seine Lebensbeschreibung, die in der ganzen Bibliothek wäre, seine letzten Stunden, falls er sie jetzt hätte, zur Completirung gar hinanstieße, denn seine Alte wäre keine Gelehrtin und seinen Sohn hätt' er auf drei Wochen auf die Universität Heidelberg gelassen."

Seine Aussaat von Blattern und Runzeln gab seinem runden kleinen Gesichtchen äußerst fröhliche Lichter; jede schien ein lächelnder Mund; aber es gefiel mir und meiner Semiotik nicht, daß seine Augen so blitzten, seine Augenbrauen und Mund=Ecken so zuckten und seine Lippen so zitterten.

Ich will mein Versprechen der Specification halten. Auf dem Deckbette lag eine grüntaftne Kinderhaube, wovon das eine Band abgerissen war, eine mit abgegriffnen Goldflitterchen überpichte Kinderpeitsche, ein Fingering von Zinn, eine Schachtel mit Zwerg=Büchelchen in 128=Format, eine Wand=Uhr, ein beschmutztes Schreibbuch und ein Finkenkloben fingerlang. Es waren die Rudera und Spätlinge seiner verspielten Kindheit. Die Kunstkammer dieser seiner griechischen Alterthümer war von jeher unter der Treppe gewesen — denn in einem Haus, das der Blumenkübel und Treibkasten eines einzigen Stammbaums ist, bleiben die Sachen Jahrfunfzig lang in ihrer Stelle ungerückt — und da es von seiner Kindheit an ein Reichsgrundgesetz bei ihm war, alle seine Spielwaaren in geschichtlicher Ordnung aufzuheben, und da kein Mensch das ganze Jahr unter die Treppe guckte als er: so konnt' er noch am Rüsttage vor seinem Todestage diese Urnenkrüge eines schon gestorbenen Lebens um sich stellen und sich zurückfreuen, da er sich nicht mehr vorauszufreuen vermochte. Du konntest freilich, kleiner Maria, in keinen Antikentempel zu Sanssouci oder zu Dresden eintreten und darin vor dem Weltgeiste der schönen Natur der Kunst niederfallen; aber Du konntest doch in Deine Kindheit=Antiken=Stiftshütte unter der finstern Treppe gucken, und die Strahlen der auferstehenden Kindheit spielten, wie des gemalten Jesuskindes seine im Stall, an den düstern Winkeln! O wenn größere Seelen als Du aus der ganzen Orangerie der Natur so viel süße Säfte und Düfte sögen als Du aus dem zackigen grünen Blatte, an das Dich das Schicksal gehangen: so würden nicht Blätter, sondern Gärten genossen, und die bessern und doch glücklichern Seelen verwunderten sich nicht mehr, daß es vergnügte Meisterlein geben kann.

Wuz sagte und bog den Kopf gegen das Bücherbret hin: „wenn ich mich an meinen ernsthaften Werken matt gelesen und corrigirt, so schau' ich stundenlang die Schnurrpfeifereien an und das wird hoffentlich einem Bücherschreiber keine Schande sein."

Ich wüßt' aber nicht, womit der Welt in dieser Minute mehr gedient ist, als wenn ich ihr den räsonnirenden Catalog dieser Kunststücke und Schnurrpfeifereien zuwende, den mir der Patient zuwandte. Den zinnenen Ring hatt' ihm die vierjährige Mamsell des vorigen Pastors, da sie mit einander von einem Spielkameraden ehrlich und ordentlich copulirt wurden, als Ehepfand angesteckt — das elende Zinn löthete ihn fester an sie als edlere Metalle edlere Leute, und ihre Ehe brachten sie auf vier und funfzig Minuten. Oft wenn er nachher als geschwärzter Alumnus sie mit nickenden Feder=Standarten am dünnen Arme eines gesprenkelten Elegant spazieren gehen sah, dachte er an den Ring und an die alte Zeit. Ueberhaupt hab' ich bisher mir unnütze Mühe gegeben, es zu verstecken, daß er in Alles sich verliebte, was wie eine Frau aussah; alle Fröhliche seiner Art thun Dasselbe, und vielleicht können sie es, weil ihre Liebe sich zwischen den beiden Extremen von Liebe aufhält und beiden abborgt, so wie der Busen Band und Kreole der platonischen und der epikurischen Reize ist. — Da er seinem Vater die Thurm=Uhr aufziehen half, wie vor Zeiten die Kronprinzen mit den Vätern in die Sitzungen gingen: so konnte so eine kleine Sache ihm einen Wink geben, ein lackirtes Kästchen zu durchlöchern und eine Wand=Uhr daraus zu schnitzen, die niemals ging; inzwischen hatte sie doch, wie mehre Staatskörper, ihre langen Gewichte und ihre ausgezackten Räder, die man dem Gestelle nürnbergischer Pferde abgehoben und so zu etwas Besserem verbraucht hatte. — Die grüne Kinderhaube mit Spitzen gerändert, das einzige Ueberbleibsel seines vorigen vierjährigen Kopfes, war seine Büste und sein Gypsabdruck vom kleinen Wuz, der jetzt zu einem großen ausgefahren war. Alltags-Kleider stellen das Bild eines todten Menschen weit inniger dar als sein Portrait; — daher besah Wuz das Grün mit sehnsüchtiger Wollust, und es war ihm als schimmere aus dem Eis des Alters eine grüne Rasenstelle der längst überschneieten Kindheit vor; „nur meinen Unterrock von Flanell, sagte er, sollt' ich gar haben, der mir allemal unter den Achseln zugebunden wurde!" — Mir ist sowohl das erste Schreibbuch des Königs von Preußen, als das des Schulmeisters Wuz bekannt und da ich beide in Händen gehabt: so kann ich urtheilen, daß der König als Mann und das Meisterlein als Kind schlechter geschrieben. „Mutter, sagt' er zu seiner Frau, betracht' doch, wie Dein Mann hier (im Schreibbuch) und wie er dort (in seinem kalligraphischen Meisterstück von einem Lehnbrief, den er an die Wand genagelt) geschrieben: ich freß' mich aber noch vor Liebe, Mutter!" Er prahlte vor Niemand als vor seiner Frau; und ich schätze den Vortheil so hoch als er werth ist, den die Ehe hat, daß der Ehemann durch sie noch ein zweites Ich bekommt, vor welchem er sich ohne Bedenken herzlich loben kann. Wahrhaftig, das deutsche Publikum sollte ein solches zweites Ich von Autoren abgeben! — Die Schachtel war ein Bücherschrank der lilliputischen Tractätchen in Fingerkalender-Format, die er in seiner Kindheit dadurch herausgab, daß er einen Vers aus der Bibel abschrieb, es heftete und blos sagte: „abermals einen recht hübschen Kober*) gemacht!" Andere Autores vermögen dergleichen auch, aber erst wenn sie herangewachsen sind. Als er mir seine jugendliche Schriftstellerei referirte, bemerkte er: „als ein Kind ist man ein wahrer Narr; es stach aber doch schon damals der Autortrieb hervor, nur freilich noch in einer unreifen und lächerlichen Gestalt" und belächelte

---
*) Kobers Cabinetsprediger — in dem mehr Geist steckt (freilich oft ein närrischer) als in zwanzig jetzigen ausgelaugten Predigthaufen.

zufrieden die jetzige. — Und so ging's mit dem Finkenkloben ebenfalls: war nicht der fingerlange Finkenkloben, den er mit Bier bestrich und auf den er die Fliegen an den Beinen fing, der Vorläufer des armlangen Finkenkloben, hinter dem er im Spätherbst seine schönsten Stunden zubrachte wie auf ihm die Finken ihre häßlichsten? Das Vogelstellen will durchaus ein in sich selber vergnügtes stilles Ding von Seele haben.

Es ist leicht begreiflich, daß seine größte Krankenlabung ein alter Kalender war und die abscheulichen 12 Monat=kupfer desselben. In jedem Monat des Jahres machte er sich, ohne vor einem Galerie=Inspector den Hut abzunehmen oder an ein Bildercabinet zu klopfen, mehr malerische und artistische Lust als andre Deutsche, die abnehmen und anklopfen. Er durchwanderte nämlich die 11 Monat=Vignetten — die des Monats, worin er wanderte, ließ er weg — und phantasirte in die Holzschnitt=Auftritte Alles hinein, was er und sie nöthig hatten. Es mußte ihn freilich in gesunden und kranken Tagen letzen, wenn er im Jenner=Winterstück auf dem abgerupften schwarzen Baum herumstieg und sich (mit der Phantasie) unter den an der Erde aufdrückenden Wolkenhimmel stellte, der über den Winterschlaf der Wiesen und Felder wie ein Betthimmel sich hinüberkrümmte. — Der ganze Junius zog sich mit seinen langen Tagen und langen Gräsern um ihn herum, wenn er seine Einbildung den Junius=Landschaft=Holzschnitt ausbrüten ließ, auf welchem kleine Kreuzchen, die nichts als Vögel sein sollten, durch das graue Druckpapier flogen, und auf dem der Holzschneider das fette Laubwerk zu Blättergerippen mazerirte. Allein wer Phantasie hat, macht sich aus jedem Abschnitzel eine wunderthätige Reliquie, aus jedem Eselskinnbacken eine Quelle; die fünf Sinne reichen ihr nur die Cartons, nur die Grundstriche des Vergnügens oder Mißvergnügens.

Den Mai überblätterte der Patient, weil der ohnehin

um das Haus draußen stand. Die Kirschblüthen, womit der Wonnemond sein grünes Haar besteckt, die Maiblümchen, die als Vorsteckrosen über seinem Busen dufteten, beroch er nicht — der Geruch war weg — aber er besah sie und hatte einige in einer Schüssel neben seinem Krankenbette.

Ich habe meine Absicht klug erreicht, mich und meine Zuhörer fünf oder sechs Seiten von der traurigen Minute wegzuführen, in der vor unser aller Augen der Tod vor das Bett unsers kranken Freundes tritt und langsam mit eiskalten Händen in seine warme Brust hineinbringt und das vergnügt schlagende Herz erschreckt, fängt und auf immer anhält. Freilich am Ende kommt die Minute und ihr Begleiter doch.

Ich blieb den ganzen Tag da und sagte Abends, ich könnte in der Nacht wachen. Sein lebhaftes Gehirn und sein zuckendes Gesicht hatten mich fest überzeugt, in der Nacht würde der Schlag sich wiederholen; es geschah aber nicht, welches mir und dem Schulmeisterlein ein wesentlicher Gefallen war. Denn es hatte mir gesagt — auch in seinem letzten Tractätchen steht's — nichts wäre schöner und leichter als an einem heitern Tage zu sterben, die Seele sehe durch die geschlossenen Augen die hohe Sonne noch und sie fliege aus dem vertrockneten Leib' in das weite blaue Lichtmeer draußen; hingegen in einer finstern brüllenden Nacht aus dem warmen Leibe zu müssen, den langen Fall ins Grab so einsam zu thun, wenn die ganze Natur selber da säße und die Augen sterbend zuhätte — das wäre ein zu harter Tod.

Um 11½ Uhr Nachts kamen Wuzens zwei beste Jugendfreunde noch einmal vor sein Bett, der Schlaf und der Traum, um von ihm gleichsam Abschied zu nehmen. Oder bleibt ihr länger und seid ihr zwei Menschenfreunde es vielleicht, die ihr den ermordeten Menschen aus den blutigen Händen des Todes holet und auf Euren wiegenden Armen durch die kalten unterirdischen Höhlungen mütterlich traget ins helle Land hin, wo ihn eine neue Morgensonne und neue Morgenblumen in waches Leben hauchen? —

Ich war allein in der Stube — ich hörte Nichts als den Athemzug des Kranken und den Schlag meiner Uhr, die sein kurzes Leben wegmaß — Der gelbe Vollmond hing tief und groß im Süden und bereifte mit seinem Todtenlichte die Maiblümchen des Mannes und die stockende Wanduhr und die grüne Haube des Kindes — Der weiße Kirschbaum vor dem Fenster malte auf dem Grund von Mondlicht aus Schatten einen bebenden Baumschlag in die Stube — Am stillen Himmel wurde zuweilen eine fackelnde Sternschnuppe niedergeworfen und sie verging wie ein Mensch — Es fiel mir bei, die nämliche Stube, die jetzt der schwarzausgeschlagene Vorsaal des Grabes war, wurde morgen vor 43 Jahren am 13. Mai vom Kranken bezogen, an welchem Tage seine elysischen Achtwochen angegangen — Ich sah, daß der, dem damals dieser Kirschbaum Wohlgeruch und Träume gab, dort im drückenden Traume geruchlos liege und vielleicht noch heute aus dieser Stube ausziehe und daß Alles, Alles vorüber sei und niemals wieder komme .... und in dieser Minute fing Wuz mit dem ungelähmten Arme nach Etwas, als wollt' er einen entfallenden Himmel erfassen — — und in dieser zitternden Minute knisterte der Monatzeiger meiner Uhr und fuhr, weil's 12 Uhr war, vom 12ten Mai zum 13ten über. .... Der Tod schien mir meine Uhr zu stellen, ich hörte ihn den Menschen und seine Freuden käuen, und die Welt und die Zeit schien in einem Strom von Moder sich in den Abgrund hinab zu bröckeln! ....

Ich denke an diese Minute bei jedem mitternächtlichen Ueberspringen meines Monatzeigers; aber sie trete nie mehr unter die Reihe meiner übrigen Minuten.

Der Sterbende — er wird kaum diesen Namen mehr lange haben — schlug zwei lodernde Augen auf und sah mich lange an, um mich zu kennen. Ihm hatte geträumt er schwankte als ein Kind sich auf einem Lilienbeete, das unter ihm aufgewallet — dieses wäre zu einer emporgehobnen Rosen=Wolke zusammengeflossen, die mit ihm durch goldne Morgenröthen und über rauchende Blumenfelder weggezogen — die Sonne hätte mit einem weißen Mädchen=Angesicht ihn angelächelt und angeleuchtet und wäre endlich in Gestalt eines von Strahlen umflognen Mädchens seiner Wolke zugesunken und er hätte sich geängstigt, daß er den linken gelähmten Arm nicht um und an sie bringen können. — — Darüber wurd' er wach aus seinem letzten oder vielmehr vorletzten Traum; denn auf den langen Traum des Lebens sind die kleinen bunten Träume der Nacht wie Phantasieblumen gestickt und gezeichnet.

Der Lebensstrom nach seinem Kopfe wurde immer schneller und breiter: er glaubte immer wieder verjüngt zu sein; den Mond hielt er für die bewölkte Sonne; es kam ihm vor, er sei ein fliegender Taufengel, unter einem Regenbogen an eine Dotterblumen=Kette aufgehangen, im unendlichen Bogen auf= und niederwogend, von der vierjährigen Ringgeberin über Abgründe zur Sonne aufgeschaukelt.... Gegen 4 Uhr Morgens konnte er uns nicht mehr sehen, obgleich die Morgenröthe schon in der Stube war — die Augen blickten versteinert vor sich hin — eine Gesichtszuckung kam auf die andre — den Mund zog eine Entzückung immer lächelnder auseinander — Frühlings=Phantasieen, die weder dieses Leben erfahren, noch jenes haben wird, spielten mit der sinkenden Seele — endlich stürzte der Todesengel den blassen Leichenschleier auf sein Angesicht und hob hinter ihm die blühende Seele mit ihren tiefsten Wurzeln aus dem körperlichen Treibkasten voll organisirter Erde.... Das Sterben ist erhaben; hinter schwarzen Vorhängen thut der einsame Tod das stille Wunder und arbeitet für die andre Welt, und die Sterblichen stehen da mit nassen, aber stumpfen Augen neben der überirdischen Scene...

„Du guter Vater, sagte seine Wittwe, wenn Dir's Jemand vor 43 Jahren hätte sagen sollen, daß man Dich am 13ten Mai, wo Deine Achtwochen angingen, hinaustragen würde." — „Seine Achtwochen, sagt' ich, gehen wieder an, dauern aber länger."

Als ich um 11 Uhr fortging, war mir die Erde gleichsam heilig und Todte schienen mir neben mir zu gehen; ich sah auf zum Himmel, als könnt' ich im endlosen Aether nur in einer Richtung den Gestorbnen suchen; und als ich oben auf dem Berge, wo man nach Auenthal hinein schauet, mich noch einmal nach dem Leidenstheater umsah und als ich unter den rauchenden Häusern blos das Trauerhaus unbewölket dastehen und den Todtengräber oben auf dem Gottesacker das Grab aushauen sah, und als ich das Leichenläuten seinetwegen hörte und daran dachte, wie die Wittwe im stummen Kirchthurm mit rinnenden Augen das Seil unten reiße: so fühlt' ich unser aller Nichts und schwur, ein so unbedeutendes Leben zu verachten, zu verdienen und zu genießen. —

Wohl Dir, lieber Wuz, daß ich — wenn ich nach Auenthal gehe und Dein verrasetes Grab aussuche und mich darüber kümmere, daß die in Dein Grab beerdigte Puppe des Nachtschmetterlings mit Flügeln daraus kriecht, daß Dein Grab ein Lustlager bohrender Regenwürmer, rückender Schnecken, wirbelnder Ameisen und nagender Räupchen ist, indeß Du tief unter allen diesen mit unverrücktem Haupte auf Deinen Hobelspänen liegst und keine liebkosende Sonne durch Deine Breter und Deine mit Leinwand zugeleimten Augen bricht — wohl Dir, daß ich dann sagen kann: „als er noch das Leben hatte, genoß er's fröhlicher wie wir alle."

Es ist genug, meine Freunde — es ist 12 Uhr, der Monatzeiger sprang auf einen neuen Tag und erinnerte uns an den doppelten Schlaf, an den Schlaf der kurzen und an den Schlaf der langen Nacht....

Ende.

In allen Buchhandlungen vorräthig:

Wartigs Erläuterungen
zu den
deutschen Klassikern.

Herausgegeben von H. Düntzer und L. Eckardt.

Bei den außerordentlichen Fortschritten, welche die Auffassung unserer Klassiker und ihrer Werke in den letzten Jahrzehnten auf die überraschendste Weise durch das Zusammen- und Gegeneinanderwirken von den verschiedensten Seiten her gewonnen hat, war es gewiß ein zeitgemäßer Gedanke, die glücklich erlangten Ergebnisse einem weitern Leserkreise zugänglich zu machen, um so die tiefere Erkenntniß und gerechte Würdigung der in unsere Bildung verwachsenen, die reichsten Schätze des deutschen geistigen Lebens in sich bergenden dichterischen Kunstwerke allen zu vermitteln, welche innigen Antheil an deutscher Art und deutschem Volksthum nehmen, ja diesen Antheil selbst zu stärken, den Sinn für vollendete dichterische Tiefe und Schönheit nach Kräften zu beleben.

Aus dieser Ueberzeugung gingen die

Erläuterungen zu den deutschen Klassikern

hervor, welche sich die Aufgabe gestellt haben, jener dringenden Anforderung in einer Sammlung **selbstständiger Abhandlungen** über die bedeutenderen Werke unserer Klassiker möglichst zu entsprechen. Es soll hier zunächst die Entstehung der einzelnen Werke und der zu Grunde liegende geschichtliche oder sagenhafte Stoff dargelegt, sodann die das Ganze durchziehende und tragende Anschauung nachgewiesen, die künstlerische Gliederung und Entwickelung aufgezeigt und der Werth der Dichtung gewürdigt werden, wobei ganz besonders die Erklärung dunkler Stellen Berücksichtigung findet.

Dem deutschen Volke soll zu leichterm Verständnisse und innerlicher Aufnahme des Schönsten und Edelsten, was seine Klassiker ihm gespendet, hier Gelegenheit gegeben werden. Von ganz besonderem Werthe sind diese Erläuterungen namentlich für **Gymnasiasten, Seminaristen,** überhaupt für **Schüler höherer Lehranstalten.**

Der Inhalt dieser Erläuterungen ist bis jetzt folgender:

	1.	Bdchn.:	Goethe, Hermann und Dorothea 2. Aufl.	} von Dünker.
	2.	„	Wieland, Oberon	
	3.	„	Goethe, Leiden des jungen Werther	
	4.	„	„ Wilhelm Meisters Lehrjahre	
5.	6.	„	Schiller, die Räuber	} von Eckardt.
7.	8.	„	„ Fiesko	
	9.	„	Goethe, Wilh. Meisters Wanderjahre	} von Dünker.
	10.	„	„ Wahlverwandtschaften	
	11.	„	„ Götz von Berlichingen	
	12.	„	„ Egmont	
	13.	„	„ Clavigo und Stella	
	14.	„	„ Iphigenie auf Tauris 2. Aufl.	
15.	16.	„	Schiller, Kabale und Liebe von Eckardt.	
	17.	„	Goethe, Tasso	
	18.	„	„ die natürliche Tochter	
	19.	„	„ Faust. Erster Theil 2. Aufl.	
20.	21.	„	„ „ Zweiter Theil 2. Aufl.	
	22.	„	Herder, Cid	
	23.	„	„ Legenden	
24—29.		„	Klopstock, Oden. 1—6	
30.	31.	„	Lessing, als Dramatiker	} von Dünker
	32.	„	„ Minna von Barnhelm 2. Aufl.	
	33.	„	„ Emilia Galotti	
34.	35.	„	„ Nathan der Weise	
36.	37.	„	Schiller, als lyrischer Dichter	
38—45.		„	„ lyrische Gedichte	
46.	47.	„	„ Wallenstein	
48.	49.	„	„ Maria Stuart	
50.	51.	„	„ Jungfrau von Orleans	
	52.	„	„ Braut von Messina	
53.	54.	„	„ Wilhelm Tell.	
55.	56.	„	„ Don Karlos	

Ferner sind in demselben Verlag übergegangen:
Goethes lyrische Gedichte in 10 Bändchen.

Preis eines Bändchens
5 Groschen
oder 25 Kr. ö. W.
= 18 Kr. rh.

Verlag von Ed. Wartig in Leipzig.